山东文化体验廊道故事丛书·上编

黄渤海
历史文化故事
（二）

HUANGBOHAI LISHI
WENHUA GUSHI

总编纂　王志民

主　编　马树华

山东文艺出版社

图书在版编目（CIP）数据

黄渤海历史文化故事.二/马树华主编.—济南：山东文艺出版社，2023.9

（山东文化体验廊道故事丛书）

ISBN 978-7-5329-6910-4

Ⅰ.①黄… Ⅱ.①马… Ⅲ.①历史故事—作品集—中国 Ⅳ.①I247.8

中国国家版本馆CIP数据核字（2023）第105843号

黄渤海历史文化故事（二）
HUANGBOHAI LISHI WENHUA GUSHI

总编纂　王志民　　主编　马树华

主管单位	山东出版传媒股份有限公司
出版发行	山东文艺出版社
社　　址	山东省济南市英雄山路189号
邮　　编	250002
网　　址	www.sdwypress.com

读者服务	0531-82098776（总编室）
	0531-82098775（市场营销部）
电子邮箱	sdwy@sdpress.com.cn

印　　刷	山东临沂新华印刷物流集团有限责任公司
开　　本	880毫米×1230毫米　1/32
印　　张	6.75
字　　数	145千
版　　次	2023年9月第1版
印　　次	2023年9月第1次印刷
书　　号	ISBN 978-7-5329-6910-4
定　　价	59.00元

前 言

　　党的二十大报告明确提出："坚守中华文化立场，提炼展示中华文明的精神标识和文化精髓，加快构建中国话语和中国叙事体系，讲好中国故事、传播好中国声音，展现可信、可爱、可敬的中国形象。"习近平总书记在文化传承发展座谈会上深刻指出，要在新起点上继续推动文化繁荣、建设文化强国、建设中华民族现代文明。编纂出版《山东文化体验廊道故事丛书》（以下简称《丛书》）是深入学习贯彻党的二十大精神和习近平总书记重要指示精神，贯彻落实山东省委、省政府关于打造文化"两创"新标杆部署要求的重要举措，是立足山东文化资源优势，以沿黄河、沿大运河、沿齐长城、沿黄渤海和沿胶济铁路等文化体验廊道为轴线，以各市文化体验廊道建设为着力点，撷取历史文化精华的大型普及性学术工程，是在新的历史起点上讲好山东故事、坚定文化自信、推动文化繁荣、促进文旅结合的重点文化项目。

　　山东，古称"齐鲁之邦"，是中华文明最重要的发源地之一。奔流的黄河由山东入海，齐鲁大地是黄河文明的核心区域之一。巍峨屹立的泰山，自古以来就是历代帝王封禅之地，是中国东方上层文化的活动中心，1987年被联合国教科文组织列为中国第一个世界文化、自然双重遗产。黄渤海环绕的山东半岛是全国最大的半岛，漫长海岸线形成了丰厚的海洋文化资源，一直是中国北方海上丝绸之路的重要门户。山东又是伟大思想家、教育家孔子和孟子的故乡，是儒家文化的发源地，是中国人乃至全球华人、华裔心中的"圣地"。在被称为中华文明"轴心时代"的春秋战国时期，齐鲁是中华文明的"重心"所在：诸子百家，多出齐鲁；儒墨显学，独领风骚。齐国故都临淄，是当时最大的工商业都城，被国际足联命名为"足球起源地"；这里诞生了中国历史上最早的大学堂——稷下学宫，是诸子百家争鸣的学术文化中心；齐长城西起济水，东到大海，蜿蜒于泰沂山脉，全长一千余里，是现存最早的有准确遗迹可考、保存状况较好的古代长城；被列为世界文化遗产名录的京杭大运河，纵贯山东南北，极大影响了元明清以来山东地区的经济文化发展，鲁西沿岸城市带的崛起，成为中国南北文化交流融合的运河明珠，见证了山东地区社会文化的隆替嬗变。近代以来，随着烟台、青岛等沿海城市的崛起和胶济铁路的修筑，山东成为中西文化交流、冲突、碰撞、融合的核心地区之一，收回青岛主权成为"五四"爱国运动的导火索。革命战争年代，山东党政军民用生命和鲜血凝聚而成的"党群同心、军民情深、水乳交融、生死与共"的"沂蒙精神"，是齐鲁优秀文化、伟大建党精神与中国共产党领导的人民革命英雄主义精神的集中体现，是对山东境内沂蒙、胶东、渤海、鲁西（冀鲁豫边区）

等抗日革命根据地红色文化、革命精神的集中凝练和概括，与延安精神、井冈山精神、西柏坡精神等一起成为中国共产党人精神谱系的重要组成部分。齐鲁文化在中华文明发展中的特殊地位，山东地区源远流长、丰富厚重的文化资源，坚定文化自信和自觉的历史责任担当是我们举全省之力编纂《丛书》的内在动力。

《丛书》以国家文化公园建设为引领，以落实文化"两创"、推动"两个结合"为宗旨，以推动全省及各市文化建设为目标，是具有权威性、故事性、可读性、趣味性的历史故事集成，是一套可携带、可利用、可转化的文化读本。《丛书》分为上、下两编，上编16本，围绕"四廊一线"文化体验廊道、八大文化传承发展片区展开。"四廊一线"构筑的沿黄河、沿大运河、沿齐长城、沿黄渤海、沿胶济铁路的文化交通线纵横交错，相互联系又各具特色，其特点是以脍炙人口的故事形式联通"四廊一线"的人物事迹、重点景区、遗址遗迹等，厚植文化体验廊道的思想内涵和文化底蕴。八大文化传承发展片区，既涵盖了沂蒙、渤海、鲁西、胶东四大红色文化片区，又吸收了泰山文化、儒学文化、齐文化作为重要支撑，演奏出山东历史文化、革命文化、社会主义先进文化的时代交响。下编16本，紧紧围绕各地市优势和特色展开，主要记述本地区历史故事、文化遗址与人文景观、非物质文化遗产等内容，是推动文化廊道落地、推进片区文化建设、增强文化认同、深化文旅体验的重要载体。

《丛书》由山东省委常委、宣传部部长白玉刚统筹谋划和指导，省委宣传部专门组建学术编纂委员会负责具体实施，省直各有关部门和各市委宣传部给予大力支持配合，省内相关高校、研究机构和各市有关单位共 100 余位专家学者积极参与，历经酝酿策划、启动实施、提纲设计、样稿研讨、通稿审稿、编辑出版等六个阶段。2022 年以来，省委、省政府先后印发《关于打造中华优秀传统文化"两创"新标杆行动计划（2022—2025 年）》《关于建设文化体验廊道推动文旅融合高质量发展的实施计划（2023—2025 年）》，全方位挖掘展现山东人文沃土可以深度耕作的比较优势，为《丛书》编纂做好了思想、学术和组织准备。具体编纂过程中，省委宣传部专门印发《关于做好〈丛书〉编纂工作的指导意见》，统一思想认识，作出全面部署。编委会以线上线下形式，多次召开全体会议和分组专题会议，狠抓三个重要工作节点：**一是审定编撰提纲。**通过反复研讨、交流、修改、会审等形式逐一审定编写提纲，最大程度保证全书质量。**二是树立样稿典型。**集中力量撰写、反复研讨修改，确定分类样稿，做好典型导引。**三是全力做好通稿统审。**采用主编初审、各卷主编交流互审、学术专家主审、首席专家终审等层层把关、集中审查、反复修改的方式提高稿件质量。

回顾《丛书》编纂工作，始终注意把握好以下四个方面：**一是坚定文化自信。**通过挖掘历史资料、开发历史资源、恢复历史场景等形式，获取文化营养，坚定文化自信。**二是助推文化自觉。**通过传承弘扬优秀传统文化、红色文化、社会主义先进文化，深入挖掘历史先贤和革命先烈的伟大事迹，推动文化自觉，与培育践行社会主义核心价值观有机结合。**三是落实文**

化"两创"。精选真实历史故事,注重挖掘故事背后的文化内涵,推动齐鲁优秀传统文化在新时代创造性转化和创新性发展,推进文化自信自强。**四是服务文旅融合。**借助故事、景观、遗址、非遗讲解词、短视频等融媒体形式,让广大读者在区域文化旅游、廊道文化体验中感受中华文化的博大精深,增强民族自豪感和自信心。

在内容撰写上注重四个结合:**一是与廊道体验相结合。**突出廊道建设概念,以故事为纬线,以时代发展为轴线,通过富有魅力的故事讲述,展示历史人物、景观、史实,引领读者体验传统文化的恢宏气势和博大精深。**二是与景观建设相结合。**以真实动人的故事为景观建设提供重要的历史资源和文化依据,通过一个个精品景观建设展示历史故事的丰富内涵和当代价值。**三是与文物保护相结合。**通过讲述历史故事,让广大读者进一步了解相关文物、遗址的历史文化价值,提升文物保护意识,推动群众性文物保护工作再上新台阶。**四是与媒体利用相结合。**立足于故事转化,使故事成为各类媒体传播的重要基础、蓝本和素材,成为廊道文化、片区文化讲解、传播的重要学术依据和资料来源。

《丛书》的编纂出版,是普及、传播优秀传统文化,推动文化"两创"的新尝试。衷心希望广大读者通过阅读本书,吸收丰富文化营养,多提宝贵修改意见。

编者

2023 年 8 月

导　语

　　本书讲述的是黄渤海文化廊道南段的海洋文明成就，时间上从新石器时代肇始，空间上主要包括青岛和日照地区。

　　"文化廊道"（cultural corridor）的概念与起源于美国的"遗产廊道"（heritage corridor）理论，又和兴起于欧洲的"文化线路"（cultural route）概念密切相关。这些概念引入我国后，引起了各界对线路遗产的关注。近年来，学界围绕廊道文化遗产进行了一些概念和理论上的探讨，结合各地域的历史和发展轨迹，提出了蜀道、茶马古道、万里茶道、中蒙俄文化廊道、南粤古道、绿道、盐道、秦直道等各种文化廊道的概念。不过，因实践层面缺少顶层设计作为支撑，适应我国实际情况的文化廊道研究尚处在起步阶段，理论探讨与实践建设层面均有许多问题有待进一步解决。而"国家文化公园"概念的提出及其建设方案的出台，不仅使文化廊道的研究和建设获得了理论支持，也得到了顶层设计的支撑。

　　2017 年，我国首次在《国家"十三五"时期文化发展改革规划纲要》中提出了"国家文化公园"的概念。国家文化公园体系与机制是我国公共文化管理领域的一项新生事物。它既与美国国家公园体系、欧洲文化线路等存在学理上和理念模式上的关联，又根植于我国改革开放四十多年来在自然遗产与文化遗产保护领域的本土化实践。目前在建的国家文化公园包括长城、大运河、长征、黄河和长江五大国家文化公园，山东境内就涉及了大运河、黄河、齐长城三大国家文化公园。建设"文化廊道"，是建设国家文化公园山东段的重要举措，而讲好海洋历史文化故事，则是建设"黄渤海文化廊道"、弘扬中华海洋文明的要途。

黄渤海文化廊道南段海岸线曲折，海域辽阔，岬湾相间，风貌独特。因地处温带季风气候区，濒临黄海，海洋性气候特征明显，冬有暖流影响，夏有凉风鼓荡，四季分明，寒暖适宜。这里旧属莱夷之地，兼跨莱、青两州，历史悠久，渔盐生产源远流长，海陆交流绵延不绝，海疆开发赓续不断，上演过齐吴琅琊海战、法显西行东归、义天入宋求法、卫所戍守海疆等众多历史故事。这里有塔埠头"少海连樯"的繁华，有涛雒海盐行天下的盛况，还有代代传承的海洋习俗。近代以来，青岛迅速崛起，日照快速发展，这片区域更是与国家民族的命运紧密相连，上演了一幕幕殖民与去殖民、传统与现代、异质与本土交织共生的多彩画面。它们的故事与其自然特征一样，奇峻突兀，色泽斑斓，既有滨海都市接轨全球现代化的宏阔图景，又有一首首科学家们谋海济国的壮歌。

全册共分五个篇章，七十八个故事，尝试用以小见大的方式，探究这片海域自古及今创造出的海洋文明成就，重点讲述山东半岛南段在东亚海域，乃至全球海洋文化网络中的地位与影响，揭示其在黄渤海文化廊道中的独特文化地位，以弘扬、传承优秀的海洋文化传统。

第一篇章《古史钩沉》，主要从海洋遗存、海港发展、海疆戍守与开发、典型家族、民俗传承等几个方面挖掘有代表性的海洋故事，集中呈现从遥远的上古时代直至近代，这一滨海地区海洋文明的发展、演变及传承。

第二篇章《海域焦点》，围绕青岛崛起与山东问题，讲述黄海之滨这座新兴现代化都市初生时的屈辱、磨难与抗争，以及异质文化初遇时的景象。青岛的崛起是近代中国历史上的大事，改变了黄渤海地区，乃至整个中国沿海的城市体系。青岛的命运与第一次世界大战紧紧勾连在一起，围绕收回青岛的一系列国际交涉与纷争，掀起了波澜壮阔的历史，改变了东亚海域的格局。

第三篇章《经济翘楚》，讲述黄渤海文化廊道南段近代以来的经济成就，及其如何发挥优势助力祖国的现代化建设、塑造民族品牌的故事。这里不仅是山东半岛最具工商活力的地区，也是 21 世纪海上丝绸之路的重要节点。

第四篇章《国际大港》，书写的是现代海港故事。港口是黄渤海文化廊道的重要载体之一。依托国际化与现代化的港口、四通八达的航运与铁路网络，青岛和日照不仅与广袤的腹地建立起了密切的联系，更与全球紧密互动。这里既是东北亚的航运中心，又是国家的海军基地。中华人民共和国成立七十余年来，在中国共产党的领导下，两城人民自力更生、艰苦奋斗，大力发展港口航运，从沿海走向远洋，国际盛会不断，取得了一个又一个的光辉成就。

第五篇章《海生万象》，书写的是海洋科学故事。黄渤海文化廊道南段不仅有工商业发达的海港都市，而且有蓬勃发展的海洋科技。这里汇聚了全国50%以上的海洋科学技术力量，是中国现代海洋事业的开拓者和引领者，是现代海洋文化的塑造者。这里有一代代海洋科学家为中国的海洋事业奉献终生的故事，有我国最先进的科考船驶向大洋逐浪南北极的壮歌，有院士们为实现"谋海济国"的壮志取得的巨大成就，也有建设者们为践行海洋强国战略迈向深蓝的壮举。

黄渤海文化廊道南段是山东半岛海洋文明发育极早的地区，也是现代海洋文明成就比较集中的地区，历史积淀深厚，充满创新活力。本书立足推进黄渤海文化廊道海洋历史文化资源的挖掘与传播，通过典型故事呈现山东海洋文明成就及其在东亚海域，乃至全球海洋网络中的地位，力图为国家文化公园山东段的建设提供地方经验和个案参考，增强海洋文化认同，服务海洋强国战略和海洋强省计划。

目　录

前　言 / 1

导　语 / 1

一、古史钩沉 / 1

（一）早期遗踪 / 2

1.三里河东夷发祥 / 3

2.尧王城海洋寻踪 / 4

（二）海港春秋 / 6

1.法显西行归航长广郡 / 6

2.义天求法密州板桥镇 / 10

3.“海神娘娘”护佑两城镇 / 11

4.鸭岛遗址寻青花 / 13

5.塔埠头“少海连樯” / 15

（三）戍守与开发 / 17

1

1. 吴齐海战 / 17

2. 开发琅琊 / 20

3. 宋金海战 / 22

4. 鳌山卫城守"屏藩" / 24

5. 雄崖所世代戍海疆 / 27

6. 苏京守护安东卫 / 29

7. 涛雒海盐行古道 / 31

(四) 家族传奇 / 34

1. 西汉吕母复仇 / 35

2. 琅琊王氏结缘道教 / 36

3. 丁氏家族涛雒兴商 / 38

(五) 习俗传承 / 40

1. 甜晒腌鱼久传承 / 40

2. 踩着高跷推虾皮 / 42

3. 鲅鱼礼下显孝道 / 44

4. 孝心里的"海沙子面" / 46

二、海域焦点 / 49

(一) 青岛崛起 / 50

1. 青岛建置始末 / 51

2. 胶州湾事件 / 53

3. 德国强租胶澳 / 56

4. 弗朗裘斯设计青岛港 / 58

5. 阿理文管理胶海关 / 59

6. 力保天后宫　/ 62

7. 劳乃宣与卫礼贤　/ 64

（二）日占山东　/ 67

1. 日德青岛之战　/ 67

2. 德舰 S-90 日照掀波澜　/ 69

3. 日本强夺胶海关　/ 72

（三）解决山东悬案　/ 74

1. 顾维钧舌战巴黎　/ 74

2. 威尔逊巴黎和会"出卖"青岛　/ 77

3. 一波三折的签约　/ 79

4. 折中的华盛顿会议"边缘"谈判　/ 81

三、经济翘楚　/ 85

（一）工商明珠　/ 86

1. 刘子山创办东莱银行　/ 86

2. 丁惟溪创建汇昌银号　/ 89

3. 创建青岛市物品证券交易所　/ 91

4. 周志俊考察欧美振华新　/ 93

5. 宋雨亭主持商会争渔权　/ 95

6. 贺仁菴经营长记行　/ 97

（二）翘楚引领　/ 100

1. 柴立清捕鱼掌舵"英雄"　/ 100

2. "郝建秀工作法"推行全国　/ 102

3. 朱梅领编《青岛啤酒操作法》　/ 106

4.“南茶北引” / 109

四、国际大港 / 113

（一）海港风华 / 114

1.沈鸿烈主建第三码头 / 114

2.“燎原”轮首航日本 / 117

3.许振超绝活“一钩净” / 119

4.王炳交守护团岛灯塔 / 121

5.石白灯塔映巨变 / 124

6.“东方桥头堡” / 126

7.战浒苔迎奥运 / 128

（二）海军基地 / 130

1.“镇海”舰自沉阻日寇 / 130

2.美国海军登陆青岛 / 132

3.海军青岛基地成立 / 135

4.人民海军首次海上阅兵 / 137

5.程文兆试航第一艘核潜艇 / 139

6.辽宁舰驻泊母港 / 142

五、海生万象 / 145

（一）筚路蓝缕 / 146

1.宋春舫执掌观象台海洋科 / 146

2.蒋丙然建设“吾国第一”水族馆 / 148

3.蔡元培督建青岛海滨生物研究所 / 150

4. 张玺开拓胶州湾海洋生物调查　/ 152

5. 观象台参加万国经度测量　/ 154

6. 莱阳路 28 号　/ 156

7. 朱树屏奠基海洋生态学　/ 158

(二) 科考船向海壮歌　/ 160

1. 金星号海洋调查首航　/ 160

2. "向阳红 05" 号的蓝色档案　/ 163

3. "雪龙" 号南极救援　/ 166

4. "科学" 号十跨赤道　/ 169

5. 深潜 "蛟龙" 号安家青岛　/ 171

6. "东方红" 号系列——行走的课堂　/ 173

(三) 众院士谋海济国　/ 176

1. 曾呈奎的海带施肥罐　/ 176

2. 赵法箴的育苗绝技　/ 178

3. 张福绥耕海牧贝　/ 180

4. 雷霁霖育多宝鱼圆梦　/ 182

5. 文圣常情系海浪矢志深蓝　/ 185

6. 管华诗开发 "蓝色药库" 海济苍生　/ 188

7. 侯国本向海图强绘港口　/ 191

参考文献　/ 193

后　记　/ 197

一

古史钩沉

黄渤海文化廊道南段是中国海洋文明发育较早的地区，这里不仅是先民眼中的神仙居所、文人"道不行，乘桴浮于海"的理想寄托，也是华夏与外邦接触、沟通最早的所在。数千年来，这里的海洋活动持续不断，光辉灿烂的早期文明、兴衰交替的海港网络、波澜壮阔的海疆戍守与开发、特立独行的人物与家族、生生不息的习俗传承，共同构成了这一地区源远流长的海洋文明。

（一）早期遗踪

山东半岛不仅拥有能够反映早期人海关系的贝丘遗址，还有文明程度较高的海洋文化遗存，其中比较有代表性的是三里河遗址和尧王城遗址。透过遗址发掘的故事，以及散落在海滨的聚落、器物等，我们既可一览先民们涉海生活生产的遗踪，又可窥知他们的内在世界与早期海洋观。

1. 三里河东夷发祥

作为东夷文化的发祥地之一，胶州地区早在距今四五千年的新石器时代就有先民定居，他们以血缘关系为纽带结成聚落，以石斧、石铲、石刀为工具，耕作渔猎、繁衍生息，创造了闻名中外的胶州三里河文化。先民们逐水而居，海洋聚落的种子在此萌芽。

三里河遗址究竟是怎样被发现的呢？这就要说到清朝乾隆十年（1745）发生的故事。当年，和郑板桥齐名的"扬州八怪"之一，著名文人高凤翰回到了久违的故乡。一天，一个老农在劳作时挖出了一个陶罐，高凤翰觉得很有意思，就跟老农讨要过来作为清供。高凤翰以此为题，画了一幅《博古图》，并题写了一首诗："介子城边老瓦窑，田夫掘出说前朝。老翁拾来插清供，结的莲房碗大饶。"这样一幅画又是如何为发现三里河遗址提供线索的呢？

1959 年，时任山东大学历史系教授的刘敦愿先生，根据此画认出了画中的瓦器为新石器时代龙山文化的陶鬶。他曾拿这幅画请我国著名历史学家、考古学家、货币学家、金石学家、版本学家王献唐先生鉴定，结果发现画虽然是赝品，但毕竟是据真迹摹写而来，画上这件陶鬶应当是现实存在的。于是刘敦愿先生前往胶县，寻找诗中所说的"介子城"。有了高凤翰的诗词，大家按图索骥，果然在高凤翰家乡北三里河村找到了一处典型的龙山文化遗址，这就是著名的三里河遗址。而考古发掘出土的文物更是让工作人员震惊。在发现三里河遗址之前，我国其他地区也出土过黑陶，但多是黑陶碎片。而三里河遗址出土了三十余件薄胎高柄黑陶杯，形态各异，非常完整、精美。所以，胶州三里河称得上中国的"黑陶之都"。

除了黑陶文化，三里河遗址的海洋文化元素也十分突出。三里河遗址属于贝丘遗址，遗址中发现大量贝壳、鱼骨和大片鱼鳞堆积，经考古人员分析鉴定，共有鳓鱼、梭鱼、黑鲷和蓝点马鲛四种海产鱼。这其中鳓鱼和蓝点马鲛都是生活在外海中上层且游泳速度快的鱼类，那么在这里居住的原始先民是如何捕捞它们的呢？工作人员对出土的鱼骨进行了分析，认为当时海上捕鱼的东夷人对各种鱼类的洄游习性已经有了一定的认识，除了捕捞河口和沿岸的鱼外，外海、洄游鱼也在他们的捕捞范围内。由此推断出当时的东夷人可能已经掌握了先进的捕捞技术，生活在这里的先民不仅可以享用近海的鱼贝，也能捕捞远海的鱼类。

三里河遗址是中华海洋文明的象征之一，1996年、2006年，三里河遗址先后被列为山东省和国家级重点文物保护单位。这段从古画卷中发现古遗址的故事，也随着因此而揭开面纱的三里河遗址及其所承载的史前文明，成为中国考古史上的一段佳话。

2. 尧王城海洋寻踪

在日照市岚山区高兴镇南辛家庄子和安家尧王村附近，有一处环山面海的著名史前遗址——尧王城遗址。遗址距今四千至四千六百年，是一处大汶口文化向龙山文化过渡时期的龙山文化遗址。几千年来，这个靠近东方浩瀚大海的地方，见证了人类早期海洋文明的发展，也流露出先民的太阳崇拜，焕发出太阳文化的光辉。

1992年，考古学家们在整理尧王城遗址出土的陶片时，如往常一般小心翼翼地将陶片按年代分类，并仔细挑选出同属于一个器物的陶片进行拼对。拼着拼着，一位专家突然眼前一亮——发现了一片陶文残片！经仔细考证后发现，这与日照市莒县凌阳河遗址出土的大口尊上的刻画符号局部形状极为相似。此前，专家们在凌阳河遗址出土的众多大口尊上，曾惊喜地发现刻画有图像文字，看上去像一幅图画。画中图案仿佛是太阳、月亮和山峰，专家们认为它们的存在是远古居民太阳崇拜的反映。因此，尧王城遗址出土的陶文残片备受专家们关注，考古学家们推测，尧王城遗址出土的陶片也是太阳崇拜的产物，这表明尧王城遗址在早于龙山文化的大汶口文化晚期就已是一处重要的文化遗存了。

尧王城遗址是龙山文化中唯一一处既有城郭遗址，又有墓葬遗址的史前文化遗址。在尧王城遗址的发掘过程中，考古学家们发现了一个十分有意思的现象——这里的墓葬为东西走向，墓葬中遗骸的头部全都朝向东方。这一发现使考古学家们兴奋了起来，感到心潮澎湃。沿墓葬遗骸朝向的角度看去，是日出的东边，即一望无际的大海。这样摆放是出于什么考虑呢？这还要从太阳崇拜的起源说起。上古先民们根据当时掌握的一般地理方位概念,认为东方连接浩瀚大海之处是大地的最东端,是太阳升起的地方。既然太阳最早在这里升起,那么令人崇敬的太阳神应该也是在这里开始一天的行程的。于是,便形成了太阳崇拜和太阳神话。在龙山文化时期,太阳神是一切神话的核心,几乎所有的神话都是由太阳神的故事衍生出来的。墓葬中的遗骸朝向东方,既是因为东边是传说中的日出之地,是东夷人的祖先羲和祭祀太阳神的圣地,也是我国远古太阳崇拜的起源地。

"日出初光先照",日照因东临大海的独特地理位置,衍生出独特的太阳文化,这也成为东夷文化的重要组成部分。

(二)海港春秋

山东浩瀚的东部海域流传着许多脍炙人口的海内外交流故事,这些故事中有勇于探寻真理、致力于文化传播的中国人,也有谦逊好学、促进中外文化交流的外国人。海港的兴衰沉浮,连接着海域交流的起点与终点。

1. 法显西行归航长广郡

"远绍如来,近光遗法",一部《西游记》使唐僧的原型玄奘西天取经的故事妇孺皆知。而早在玄奘西行前两百多年,已逾花甲之年的东晋高僧法显就已从长安出发，经过艰苦跋涉抵达天竺求取经书，成为中国历史上第一位西行求法的僧人。法显求取经书后，归国的登陆地点就在青州长广郡不其县牢山（今青岛崂山）南岸，一代高僧就这样与青岛结下了不解之缘。那么，法显归国为何会在崂山登陆，在这里又发生了怎样的故事呢？

法显原姓龚，幼年时期就剃度做了沙弥，此后便虔心向佛，二十岁正式出家受戒。此时他已颇为精通佛法，众人赞他"志行明敏、仪轨整肃"。在法显生活的年代，中国正值乱世，东晋王朝偏安一隅，与十六国长期对峙，兵连祸结，生灵涂炭。于是，许多百姓成为佛教的忠实信徒，企图在乱世中寻求一抹佛光的庇佑。法显厌恶征伐不休的上层统治者，怜悯受苦受难的底层百姓，他时常感叹因经书的残缺和错讹，不能为佛教徒们阐明教义，普度众生。因而，在东晋隆安三年（399），年逾六旬的法显与几位僧人一起，从长安出发，毅然踏上西去求经的漫漫征途。

西行途中，法显一行不仅要躲避穷凶极恶的盗匪，还要应对严酷的自然环境。茫茫大漠之中，没有长安的亭台楼阁、市井烟火，只有夺命的流沙和骇人的枯骨。在这期间，与他同行的僧人或因前路艰险而半路折回，或因时运不济而客死他乡。同伴的陆续离去并没有让法显退缩，在无数个西行的夜晚，始终陪伴着法显的，唯有那一轮自长安就悄然跟随的明月。清辉洒在步履蹒跚的法显身上，指引着他走向魂牵梦萦的西方极乐之地。

东晋元兴元年（402），法显终于抵达了他梦寐以求的西方圣地。在天竺的近十年里，他如饥似渴地学习梵文和佛经，并巡游了印度各地，求取了《摩诃僧祇律》《萨婆多部钞律》《杂阿毗昙心论》等六部佛家经典。

完成求法取经的目标以后，已过古稀之年的法显并未贪恋异国风光。义熙七年（411），法显搭乘一艘外国商船，希望能赶快回到祖国，传回取得的印度佛经。但归国的路途也并不顺利。一天夜里，原本风平浪静的海面突然狂风大作，船只剧烈地颠簸，使船上的人惊慌失措。慌乱之中，船员们发现商船已经破损，海水正不断地涌进船舱。为了减轻重量，船员们将船上的物品纷纷丢入海中。这时，有船员想要将法显的佛经丢入大海，法显用自己年迈的身躯死死护住，不让他们靠近佛经半分。僵持之际，只听有人兴奋地大喊："岛，前面有一个小岛！"众人赶忙将船划了过去，把漏洞补好后继续出航。但船员们望着无边无际的大海，惊觉已迷失了方向，万般无奈之下，只能在风急浪高、海盗横行的海面上随波漂流。数日后，终于抵达了耶婆提国（今印度尼西亚的苏门答腊岛，一说爪哇岛）。

在此处驻留五个多月后，回国心切的法显又搭乘了一艘前往广州的商船。但命运似乎并不眷顾法显的返乡之旅，航行数月，忽有一夜海上刮起了台风，商船被一阵阵暴怒的海浪席卷，法显和船员们危在旦夕。更为不幸的是，当时船上大多数人都是印度婆罗门教信徒，原本就对身为佛教徒的法显怀有怨气。他们认为此刻上天降下灾祸，一定是这个晦气的佛教徒的原因。想到此处，失去理智的人们竟要动手把他丢到海里。推搡之际，一位曾经资助过法显的友人挺身而出，厉声呵斥道："这场灾祸跟法显又有什么关系呢？你们要是敢把法显推下去，等到了中国，我就要把你们的杀人行径告诉皇帝，皇帝敬天礼佛，到时定会治你们的罪！"友人的全力维护使那些想要置法显于死地的人讪讪地收了手，法显这才逃过一劫。

台风过后，船只早已偏离原定航线，船员们也都已经筋疲力尽了。法显看着被台风破坏的船帆，以及船上所剩无几的食物和淡水，绝望涌上心头。他悲哀地想："难道我真的要与这些经书一起葬身大海了吗，真经佛法何时才能传回中国，传给我国百姓呢？"不知度过了多少个这样忧思恐惧的日夜，就在食物和淡水即将耗尽、法显心灰意冷之时，商船却顺利停靠在了一处海岸。法显跌跌撞撞地跑下船，看到岸边熟悉的藜藿菜，他激动万分，看来是回到故土了！只是不知道这具体是什么地方。于是，他急忙找到了两位在山中打猎的猎户。猎户见其虽衣衫破旧，但面相端庄慈祥，瑞气缭绕，就回答道："这里是青州长广郡牢山南岸。"并将此事报告给了长广郡太守李嶷，李嶷恰好崇信佛教，听闻此事，当即带领一众官员迎接法显，以礼相待。

面对太守李嶷的盛情款待和请求，法显在此停留了数月，其间讲经传法、翻译经文。相传李嶷敬服法显其人，还为其修建了一座寺庙。自此，佛教在崂山一带兴盛起来。在崂山传经数月后，法显拜别太守李嶷，南下建康，继续翻译经文，并将其在海外的所见所闻写成了《佛国记》一书，此书成为今天研究南亚次大陆古代各国人文地理的重要史料。

2. 义天求法密州板桥镇

水陆交通发达的密州板桥镇是许多日本、高丽商人到访我国的第一站。密州板桥镇的街头，人群熙熙攘攘，有沿街叫卖的小贩、行色匆匆的海商、温文尔雅的使节。其中有这样一位僧人，他平静地走在街头，用与众不同的口音，询问着他的归处。住在深墙皇宫，他是高丽最尊贵的王子；云游在板桥镇街头，他是世上最虔诚的僧侣。

义天是朝鲜高丽王朝天台宗的代表人物，与智讷并称为高丽佛教"双璧"。他本名王煦，字义天，是高丽文宗王徽和仁睿后李氏所生的第四子。作为王室嫡系出家僧侣，义天在高丽王朝享有独特的地位和荣誉。尤其因自身的聪慧和颖悟，义天入宋前已成为本国德高望重的高僧。在这种情况下，义天并没有满足于眼前的成就，而是多次请求入宋求法。尽管几次都被国王以渡海涉险为由婉拒，但他仍然矢志不渝，坚持冒险渡海。于是在高丽宣宗二年（1085）四月八日，趁宣宗南巡之机，义天携弟子寿介等人微服潜行，乘宋商林宁之船渡海入宋，并于同年五月二日抵达宋密州板桥镇，历时二十四天。

北宋建立后，高丽遣宋使团大多在板桥镇登陆。板桥镇与高丽国及日本列岛诸国的互市贸易极为活跃，北宋中期口岸贸易超过明州（今浙江宁波）和杭州。此时的板桥镇不仅在对外贸易上起着重要作用，同时也是朝廷使节往来的一个重要通道，在中外政治交往和文化交流中起着重要作用。高丽使臣、留学生、留学僧、海商，以及北宋使节和海商等常年往返于两国，需要建设馆舍用于接待。当时，高丽为北宋使节和海商专门修建了豪华的宾馆，北宋朝廷也在各重镇设高丽亭馆。由于高丽遣宋使等多渡海而来登陆于此，板桥镇曾建起数处高丽亭馆，其中一处就位于云溪河畔，该亭馆是义天入宋后最初下榻之处。在密州期间，义天受到密州朝奉郎范锷的热情款待，并拜访板桥镇圣寿院和密州资福寺，其中板桥镇圣寿院也是他入宋后求法、弘法的首个讲堂。朝廷得知义天到达的消息，于五月八日派遣朝奉郎守尚书主客郎中苏注引伴义天入京，五月二十一日离开密州。

3. "海神娘娘"护佑两城镇

妈祖是传说中保佑航行、拯救海难的神明。妈祖信仰的代表性建筑在日照有两处，其中一处位于日照市东港区两城镇。两城天后宫自明代建立以来，饱经风霜剥蚀与岁月磨砺。如今虽早已不复当年的壮丽恢宏，却在无声中见证了两城镇的峥嵘岁月，并在风雨征途中护佑着世世代代的日照人民。

相传，两城天后宫在两城镇扎根安营的背后还有一个动人的故事。明代中叶，有一批江南商人沿海乘船北上进行贸易，眼看夜幕逐渐降临，不料忽然狂风大作，海面波涛汹涌，海浪呼啸翻滚。突如其来的恶劣天气使得船上的人们猝不及防，手忙脚乱。而船只也在狂风的吹打下渐渐不受控制，只能如一片轻飘的叶子般任由巨浪摆布，逐渐偏离了原来的航线，在茫茫

两城天后宫（日照市文化和旅游局供图）

黑夜中驶向陌生的海域。船上的商人们内心惶恐不安，多次的出海经验告诉他们，如果继续任由船只漫无目的地漂流，那么随时都会有沉没的危险。船只在无边无际、波涛汹涌的大海中似沧海一粟，根本分辨不出航向。人们只能在心中默默祈祷，这时船上传来一声祈求："求海神娘娘保佑！"话音刚落，其他人们纷纷效仿，船上响起此起彼伏的祈祷声。"大家快看！"一片祈祷声中突然响起一个突兀而又充满希望的声音，茫茫黑夜中，一名船工发现前方有一处亮光，众人心中也燃起了希望的火焰。船老大立即驾驶船只向亮光处小心翼翼地驶去，直至安全停靠后，大伙悬着的心才终于落了地。下船后经过打听才知道，亮光处原来是日照的两城镇。

商人们返回家乡后，为了报答两城镇"天后显灵"之恩，遍寻能工巧匠绘制了大殿图纸，筹备物料运往两城，修建了天后宫，并在宫内供奉海神娘娘。天后宫落成后，两城当地渔家船户也深受其影响，每当出海前后都要来这里上香祈求保佑平安。这逐渐成为当地的一项习俗，两城天后宫也成为世世代代两城人的心灵慰藉。不仅有两城当地人前来祈祷，不少外地人也常常慕名前来。清代著名书法家许瀚，还亲自写下"天后行宫"四个大字，悬挂在殿正堂门头处。此外，殿中正堂还悬挂有"海不扬波""溥波如天""同庆安澜""万古长新"等五十多块匾额。

自建立以来，两城镇天后宫便成为人们祈求平安、寄托心灵之地。不仅如此，它还在革命战争时期被赋予了崇高的历史使命，曾作为日照共产党人的重要联络点，见证过战争年代一段段慷慨激昂的故事。

4. 鸭岛遗址寻青花

1979 年 3 月，位于今青岛市黄岛区琅琊台湾内鸭岛附近的渔民水下作业时，偶然发现了一批造型精美青花瓷器。其后大量的考古力量汇聚于此，展开了对鸭岛遗址的水下考古工作。那么这批青花瓷器究竟从何而来，又要销往何处呢？

中国瓷器的发展，由宋代大江南北成百上千窑口百花争艳，经元代过渡到明代，变成几乎由景德镇各瓷窑一统天下的局面。明清时期，景德镇成为全国瓷业中心，产品销往全国各地。2000 年、2002 年、2007 年，青岛市文物局、中国历史博物馆水下考古研究中心等单位对沉船及其周边海域进行了系统的探摸调查和考古发掘。通过对比分析，考古学家发现青岛市博物馆收藏的这批沉船出水青花瓷器，与"南澳 I 号"沉船遗址、北礁 3 号沉船遗址出土的器物无论是器形、胎釉、修足方式、尺寸大小，还是装饰手法，都极为相似。经过反复论证分析，最终确定这些遗址出土的瓷器应同属明代嘉靖、万历年间的景德镇民窑。

而鸭岛沉船上的这批景德镇瓷器将要销往哪里，则有多种可能。鸭岛沉船遗址的位置近琅琊港，琅琊港自春秋战国时起即为北方重要港口，也是当时的五大港口之一。到了明代，由于长期实行海禁政策，琅琊港由盛转衰。据资料分析，目前可以考证途经琅琊台湾的海运航线有"淮南至天津"这一条，也就是以江苏淮安为起点，船经淮河入海，途经今天山东沿海日照、青岛的灵山卫、胶州、鳌山卫，北上经威海、烟台、登州，再向西经潍坊等地，最后经大、小清河海口，入直沽，抵达天津。根据这条贸易线路可以做出这样的推测：该船的起点很有可能就是江苏淮安，在此满载景德镇瓷器，从淮河入海，沿航线北上。由于鸭岛附近地势复杂、暗礁林立，且时常有大风大浪，自然环境较为恶劣，就连熟悉当地环境的渔民行至此地也会回棹。据此，初步推测该船可能为航行至鸭岛附近时，因外地船员不熟悉当地特点，又遇涨潮期，风浪较大，海水没过礁石，无法辨别水下情况，最终船体碰触暗礁沉没海底。

14

5. 塔埠头"少海连樯"

"去住帆樯日几回，潮声人语竟喧阗。试从估客闲相问，可是船从返照来。"清乾隆年间胶州知州周於智曾题有《少海连樯》一诗，盛赞胶州板桥镇塔埠头"估客骈集、千樯林立"的热闹景象。作为古代著名的胶州八景之一，"少海连樯"展现了板桥镇塔埠头昔日商贾云集、贸易繁荣的盛况。无数商贾从此地扬帆起航，通达四方，创造了胶州历史上的繁华与兴隆。

《胶州志》中记载："自塔埠头至淮子口名少海，商船停泊处也。"少海的历史可以追溯到两千多年以前的春秋时期，《韩非子》中有云："齐景公与晏子游于少海，登柏寝之台，而还望其国……"齐景公于少海居高临下遥望齐国，对壮美的景象大为赞叹："美哉，泱泱乎，堂堂乎！后世将孰有此？"春秋时期的少海作为齐国东部的"天然屏障"，对齐国抵御外敌起到了关键作用。

唐朝初年，朝廷考虑到对外用兵的补给和中转，在密州东部胶州湾北岸设滨海重镇——板桥镇。新罗统一朝鲜半岛以后，板桥镇的军事职能逐渐弱化，渐渐成为唐朝与朝鲜、日本贸易往来的口岸。而塔埠头作为板桥镇的海洋门户，来往于此的各地商船络绎不绝，质量上乘的丝绸制品从此地运往新罗和日本，新罗与日本的药材、海豹皮等亦源源不断地自此地输入我国，繁盛一时。

北宋建立以后，北方西夏、辽、金的铁骑不断南侵。在战争的紧张氛围下，自庆历朝始，朝廷开始对登、莱二州进行严格控制，严令禁止商贩自登州、莱州往来于高丽、新罗。登州、莱州的封禁为山东半岛南岸的板桥镇带来了发展机遇，由板桥镇启程，东渡黄海，沟通朝鲜和日本的海上贸易逐渐活跃。元丰六年（1083），密州知州范锷上疏朝廷，他言辞恳切地陈述了板桥镇地理位置优越、海舶之利丰厚，若能在此地设置市舶司，外藩宝货必源源不断涌入我国。范锷的建议很快引起了宋神宗的重视，元祐三年（1088），朝廷正式批准在密州板桥镇设立市舶司，置胶西县兼临海军使。此时板桥镇既是海关要冲，又是海防屏障，地位极为重要。而作为停泊码头和驻防抽解务机关的塔埠头，景象更是热闹非凡，各地商船南来北往，舳舻相衔，千里不绝。港口内帆船起航的吆喝声、异域宾客的叫嚷声此起彼伏，板桥镇内市井街肆熙攘，车水马龙，招牌幡幌满街，往来商贾凭栏听曲，这便是当时这座北方第一大港的繁华景象。直到青岛建港之前，塔埠头一直是北方良港。至清代乾隆年间，塔埠头码头樯橹辐辏、商贾云集的盛况仍使无数文人骚客流连忘返，塔埠头"少海连樯"也成为胶州八景之一。

碧海潮生，千帆过尽。随着青岛港的设立，昔日繁华拥挤的塔埠头渐渐荒芜成滩，唯有葳蕤花草、水鸟鸥鹭随风翩然起舞。

（三）戍守与开发

山东半岛南段海岸线曲折，岬湾相间，海疆辽阔，这一区域的海防与经济开发在国家海疆管理体系中举足轻重。这里有先秦开发海疆的壮举，发生过留名史册的吴齐琅琊海战和宋金海战，设置过戍守海疆的卫所，代代开发使人口不断繁衍、村镇逐渐增多，渔盐经济日益活跃。

1. 吴齐海战

公元前 485 年，对齐国来说，是极不平凡的一年。这一年齐国宫廷风云突变，大夫鲍牧因与国君齐悼公有矛盾，竟将其谋杀。鲍牧的这次弑君之举，令吴国国君夫差大喜过望。

原来，吴国在夫椒之战攻降越国之后，又在柏举之战中大败楚国，声势大振。吴王夫差不再满足于偏安一隅，他称霸中原的野心急剧膨胀，而作为北方大国的齐国，自然成为夫差称霸道路上不可忽略的"劲敌"，一场恶斗不可避免。此时夫差的内心既期待又焦灼，他迫切地想要打败齐国，早日称霸，而又苦于师出无名，缺少一个出兵伐齐的借口。因此，在听到齐国大夫鲍牧弑君的这一消息后，他立刻敏锐地察觉到，这也许是出兵齐国千载难逢的好机会。

于是，夫差先在军门外痛哭三天，为齐悼公发丧，又当众立下誓言，表示绝不会对齐国目前"礼崩乐坏"的局面袖手旁观，定要为齐悼公讨伐叛逆，报仇雪恨。既已师出有名，夫差立即做出决定，由自己亲率主力军队取陆路进攻，同时联合鲁国、邾国、郯国北上，直逼齐国的南部边界。但是，夫差也隐隐地感到不安，"百足之虫，死而不僵"，齐国虽势衰，但毕竟还有齐桓公时期称霸诸侯的余威，仅仅依靠陆上作战恐不保险。蛰伏多年的吴国这时也拥有一支强大的水军，久居江南水乡的吴军操练多年，极为擅长水战，其主力战船"大翼"船体瘦长，在河流中航速极快。最让夫差感到得意的是，吴国这支威风凛凛的水师从未有过败绩，可谓所向披靡。夫差斟酌再三，决定派大夫徐承带领一支水师，从海路绕至齐国后方，两面夹击，合力破齐。

徐承接到夫差的军令后，想到往日吴国水师战胜楚军的雄姿，此时的吴国船坚兵强，齐国又正值内乱，这场战役焉能不胜呢？于是，在短暂的准备之后，求胜心切的徐承便率领士气高昂的吴国水师，从长江口出发，沿着东海海岸，浩浩荡荡地朝黄海海域驶去。徐承立在高大的艅艎号上，四周数百艘战船旌旗飘摇，在烟波浩渺的海面上显得极为威武壮观。他急切地望向北方陌生而又诱人的海域，兴奋于即将到来的厮杀与胜利。

不同于吴军的志在必得，此时即位不久的齐简公面对来势汹汹的吴军惶惶不安，他急诏朝中大臣商议应付吴国的对策。一时间，绝望、恐慌的情绪笼罩着齐国朝野上下。而相国田常却极为镇静，他向齐简公进言，称吴国虽强，但也并非不可战胜。吴军长途奔袭，士兵必然疲惫不堪，并且他们不熟悉齐国的海域环境；齐国有多年的航海经验，海军操练已久，并非等闲之辈，若巧用战术，或许可与吴军周旋一二。

听了田常的分析，齐简公大喜，忙命大臣们制定作战方针。大战在即，原本互相攻讦的大臣们也纷纷停止内斗，一致对外。齐国制定对策，决定以逸待劳，在黄海琅琊台埋伏，等候吴军。

而由温暖的南方水乡奔袭至黄海海域的吴军此时却疲惫不堪。正值初春时节，冰冷的海风吹在衣衫单薄的吴军将士身上，海浪汹涌翻滚，习惯于在较为平静的内河航行的吴国士兵大多出现了晕船的情况。吴军原本高涨的士气大大下降，战斗力也被严重削弱。吴国战船行至琅琊台一带时，乌压压的齐国战船突然出现，三百多艘齐国战船分成三个阵列全速冲向吴军。与此同时，齐军手持弓弩，齐刷刷地向吴军船上放火箭。顷刻间，战船上燃起熊熊烈火，大船小船混杂在一起，浓烟滚滚，惨叫声、船板燃烧的噼啪声响彻琅琊台海域的上空。吴国士兵纷纷跳下战船，或狼狈逃窜，或葬身鱼腹。

齐军利用火攻使吴军自乱阵脚之后，继续乘胜追击，士兵们乘着装载有金属冲角的突冒船全速撞向吴国战舰。面对齐国战舰的猛烈撞击，不习惯在宽阔海面上战斗的吴军再也招架不住，被撞翻的战船不计其数。

齐军在完成对吴军的分割包围之后，又迅速采取了最后一个"奇招"——接舷战。只见齐国士兵们纷纷抛出钩子，被钩住的吴国战船均动弹不得。英勇的齐军迅速跳上吴国战船，举起锋利的刀剑。瞬间，战船上流淌着士兵们的鲜血，数不清的残肢断臂漂浮于蔚蓝的海面之上，刺目的鲜红不断被滚滚浪涛吞噬。此时徐承带领一众残兵仍想负隅顽抗，但无奈吴军的士气已经低落，长途奔袭、天气寒冷、对琅琊海面的不适应也使吴国士兵们身心俱疲，溃败之势无法挽回。最终，吴军只得放弃抵抗，拼死冲出齐军的重重包围，灰溜溜地逃回了吴国。

最终，齐国凭借巧妙的战术、主场作战的优势和强大的海上军事实力战胜了威风凛凛的吴军，使吴王夫差称霸北方的计划落了空。同时，这场战役也是中国有历史记载的最早的一次海战。

2. 开发琅琊

在青岛市黄岛区西南角的海滨，有一座耸立于群山之间的琅琊台，俯仰天地和大海波涛，与海上岛屿相望相守。琅琊台是祭祀古代所谓八神之一"四时主神"的地方，这里曾立有一块石刻，历经千年的风霜，上面的刻文虽已模糊，但其上秦篆文字依稀可见，这乃是千古一帝秦始皇功德政绩的凭证。

秦始皇一统天下之后，雷厉风行地推出了一系列新政，书同文，车同轨，统一文字、度量衡，南征百越、北击匈奴，修建长城，巩固秦朝统治。其后他又将目光投向了当时还未开发的东部海疆。公元前219年，秦始皇初次来到琅琊，看到此地有破败毁朽的古台，便询问随行人员。有人回答说，当年越王勾践吞并吴国后曾迁都琅琊，并在此建造此台，以歌功颂德。

随从的这番话勾起了秦始皇的心思，若论成就，自己统一天下，端平法度，政绩斐然，自然是胜过那勾践百倍，更应该建造祭台，显示自己的功劳。况且修筑琅琊台，刻石立碑宣扬自己的文治武功，让百姓了解自己的功德，更能安抚百姓，达到维护秦政的效果。加之琅琊本就是先秦时期十分发达的都会，控制琅琊，以琅琊台为起始，强化对东部沿海一带的统治、管理和开发，北可震慑齐地，南可掌控吴越，更能使天地四方臣服于大秦的统治之下。

于是，秦始皇下令从内地迁来三万户百姓到琅琊定居，并宣布这三万户百姓可免除十二年赋税徭役，鼓励他们为开发琅琊、巩固和发展海疆做贡献。

同时，秦始皇征调夫役在琅琊山建造祭台，于台顶刊石立碑，以歌颂其功德，并阐释他治理天下的理念。琅琊台碑文的大致意思是：秦始皇为政以来，重视发展农业，抑制奸商，诛除奸邪、不作为的官员，使百姓富裕安宁。宣扬法治，移风易俗，遵循轨度，使天下人遵循法度和伦理道德，天下百姓都能尽享天年，人人富足，这样百姓才甘愿臣服秦朝的统治，真心拥戴这个新的朝代、新的君王。碑上还写道："东抚东土，以省卒士。事已大毕，乃临于海。"意思

琅琊刻石（中国国家博物馆供图）

是说秦始皇东巡，其目的是安抚东部百姓，慰劳守卫此地的兵士。秦始皇已完成统一天下这件大事，他开始将目光投向神秘的东海，重视东部海疆，着手对东部沿海一带进行治理和开发。

琅琊台刻石现珍藏于中国国家博物馆，从《史记》中记载的石刻全文可见秦始皇昭示天下、威慑四方的政治意图和开疆拓土、向海而兴的强烈意愿。秦始皇留居琅琊三月，迁民三万户于此，足见其对开发山东海疆的高度重视和非凡魄力。

3. 宋金海战

宋绍兴三十一年（1161）金秋，萧瑟的秋风从北方带来了金军南下的噩耗。此时，金朝统治者野心勃勃，妄图借此次南下一举消灭南宋政权，宋朝政权岌岌可危。此战中金军派六十万大军兵分四路，从水陆两个方向推进，企图对宋形成围攻之势。面对勇猛剽悍、训练有素的金军铁骑，涣散的宋朝军队在陆战中逐渐溃败，只得退守镇江，严重威胁到了都城临安的安定。

而此时南宋朝野上下哀鸿遍野，群臣中竟没有一位敢于担任海军将领的人物出现。在这紧要关头，一位鲜闻于朝堂的人挺身而出，他就是李宝。作为曾经的山东起义军的一员，岳家军的前部将，这位怀有浓烈家国情怀的人仿佛是上天派给宋高宗的最佳人选。尽管宋高宗对李宝不甚熟悉，甚至对他的能力有所怀疑，但在南宋朝野无人可用的情况下，只能放手一搏。他很快任命这位天选之子为浙西路马步军副总管，与金朝海军展开对战。

然而，李宝面临诸多窘境，最主要的是兵力的有限和组织的涣散。宋高宗交给李宝的是一支简陋的舰队，由三千名临时招募的闽浙民兵组成，他们没有经受过系统的战略训练，无异于散兵游勇。好在南宋军队的武器装备较金军更为先进，采用大型海鳅战舰，装备有床弩炮、重型投石炮等多种远程武器，在当时的战争中杀伤力较强。此外，宋军还使用了当时十分先进的火药武器，如霹雳炮和火箭。

拥有丰富作战经验的李宝对于凝聚士气、提升战力的作用尤为突出。李宝另辟蹊径，提出了深入金军后方主动出击的战略。虽然这个想法遭到了众多大臣甚至是宋高宗的反对，但是他誓死决战的心最终打动了宋高宗，李宝获准到黄海海域远征。

十月下旬，李宝舰队在几次大战后到达石臼山（今山东日照附近）。大战前他先派人侦查金军占领区，并与当地的义军结盟，摸排金军主力舰队的具体情况，制定了初步的作战规划。同时，各路义军也成为他们情报网络中的一环。经他们告知，金军主力舰队骄傲自大、自信轻敌，尤其是主要将领苏保衡和完颜郑家奴，正于唐岛（今青岛灵山卫附近）整装待发。同时，金军水手大多由被强行征来的汉人构成，这些汉人对金军恨之入骨，不愿配合金军行动，且对李宝军队心向往之。得知有了这一强劲助力的消息后，裨将曹洋请求出兵抗金。最重要的是金军舰队防水用的油毡皮和舰队的风帆都为易燃材料，这为宋军火攻提供了重要条件。李宝即刻下令舰队集结，巧借自身航速快、武器先进、机动灵活的优势，以火药武器霹雳炮和火箭为主发起进攻。很快，金军舰队火势四起，士兵们仓皇逃窜，陷入一片混乱之中。

十月二十七日清晨，黄海海面刮起了强劲的南风，这为宋军突袭创造了绝佳的机会。李宝当机立断，在旌旗招展、战鼓雷鸣之下全速前进，向金军发起猛烈攻击。而金军舰队中的汉族水兵见此情形，心中的爱国之火熊熊燃起，以行动助力宋军进攻，他们将金兵困在船舱内，使其无法与宋军对抗。最后，李宝军队将金兵舰队团团围住，登上舰船与其近身肉搏。此时的金军士气涣散，根本无力抵抗宋军，呈现出彻底溃败的局面。此役宋军取得了绝对性胜利，缴获了大量粮食、武器等物资，创造了以少胜多的海战传奇。

4. 鳌山卫城守"屏藩"

鳌山卫是明代海防要冲，沿革至今，现为青岛市即墨区鳌山卫街道。此处东南，毗邻大海，背负平川，岛屿罗嵌，西南有群峰环列，北部连接群岭，优越的地形使其成为一处天然屏藩，"形胜为东方冠"。自明代廉高建城始，多名指挥使先后驻扎鳌山卫，带领城内士兵保卫海疆。

明朝洪武年间，东南沿海不断受到倭寇侵扰。为抵御倭寇、保境安民，明朝政府创立卫、所制度，派遣重兵戍卫海疆。清同治版《即墨县志》记载，明洪武二十一年（1388），魏国公徐辉祖派指挥佥事廉高来此地筑城驻军，希望能将倭寇抵挡于屏藩之外。廉高来到此处后，登上高山极目远眺，发现此地犹如一只巨大的鳌雄踞于万里波涛之上，便以附近的鳌山将卫城命名为"鳌山卫"。鳌山卫下辖二所，即雄崖守御千户所和浮山备御千户所。

自廉高筑城以来，鳌山卫共历经三次营建。卫城为正方形，城墙以砖石砌成，美观坚固；外有护城河环绕，每遇战事，城内士兵拉起吊桥，紧闭城门，易守难攻。城中建筑极为方正，一条条街道纵横交叉成网状，形如棋盘，布局井然。城内文武衙门及七十二座大小庙宇星罗棋布，军事和民事管理职能皆十分完善。

在鳌山卫拱卫海疆的故事中，即墨人民口口相传的朱家"白袍夫人"抗击倭寇的传说颇具传奇色彩。黄济显主编的《鳌山卫古城》一书中提到，明代，济南府有一位姓马的小姐，生于武术世家，自幼跟随父亲习文练武。然而，马小姐的父亲却常因膝下无子而叹息。看着文韬武略样样具备的马小姐，他时常感叹道："只可惜你是一个女子，虽然文武兼备，但到底不能为我们家光宗耀祖。"马小姐每每听到父亲说这样的话，都极为愤懑。她当即在父亲面前立下豪言壮志："人生天地间，大丈夫气概皆当立之。古之花木兰、穆桂英皆为巾帼英雄，吾誓循其迹，步其路，必不负父亲的希冀。"立下誓言后，马小姐立志发奋，其武艺学识渐渐名噪济南府。当时，明军中有一骁勇善战的年轻将士，名叫朱逻（鳌山卫南里村朱姓一世祖），曾跟随燕王朱棣南征北战，立下赫赫战功，随后由百户、千户升为将军。朱逻在驻守济南府期间，仰慕马小姐的风姿，遂与马小姐结为伉俪。婚后，马小姐随夫参军，屡立战功，逐渐成为朱逻的左膀右臂。

战场上刀剑无情，朱逻在齐眉山之战中不幸阵亡。马小姐强忍悲痛，身着素袍、手握钢刀，斩敌人首级为夫报仇。战后，明成祖朱棣感念其奋勇杀敌的壮举，便敕封其为"明威将军""白袍夫人"及鳌山卫世袭指挥使。自此，朱氏自一世祖到明末九世祖皆为世袭鳌山卫指挥使。

"白袍夫人"自坐镇鳌山卫起，亲自操练卫所内士兵，将祖传技法"马氏击"毫无保留地传授给戍卫海疆的将士们。鳌山卫将士也在日复一日的操练中渐渐变得军纪严明、进退有法，沿海一带逐渐形成了赫赫有名的"马家军"。穷凶极恶的倭寇听此威名，无不闻风丧胆。"兵马壮，海上倭寇泪汪汪；兵马壮，路上行人无牵挂；兵马壮，夜里睡觉到天亮；兵马壮，屯田丰收得安康。"从这首人们口口相传的歌谣，可以见出"白袍夫人"守卫海疆之功绩。

"白袍夫人"的故事虽为民间传说，但也从侧面反映出鳌山卫在抗击倭寇上发挥的巨大作用。据《明史·兵志》记载：每卫设一名正三品指挥使、两名从三品指挥同知，还设指挥佥事等官职，统兵5600人。卫下设若干千户所，千户所设一名正千户和两名副千户，统兵1120人。千户所下设若干百户所，百户所设一名百户和两名总旗，统兵112人。可以说，这是一支应对倭患的精锐之师，卫所城外还设有近百座炮台、烟墩，海上有百余只战船、哨船等。每遇烽烟告急，卫所将士们便迅速出战，将来犯的倭寇拒于卫所之外，城中一方百姓得享太平。海上平静之时，卫所军户开垦荒田，专心务农，极大促进了卫城内经济的发展，并以卫所为中心形成了百业兴盛的区域社会。同时，卫所士兵们日常还会大规模出海巡逻，倭寇远远望其雄姿，渐渐不敢来犯。

随着倭寇之患逐渐消弭，清廷减少了卫城的编制和职能。雍正十二年（1734），裁撤鳌山卫，兵备大减，驻守鳌山卫的士兵们遂在此地定居，以垦田捕鱼为生，世代希冀鳌山岁岁太平。

5. 雄崖所世代戍海疆

黄海之滨，丁字湾畔，雄崖所古城安静矗立。踏着脚下百年的青石砖，越过古城墙的断垣残壁，依稀可以看到远处的村落，看到袅袅炊烟。雄崖所城呈正方形，城墙夯土筑成，以青砖、石块垒砌，共东、西、南、北四个城门，城内道路通达东西南北，街面宽敞，布局对称，城内还设有宗教和祭祀场所，街道两侧商铺林立，依稀可见当年盛景。

雄崖古城奉恩门（陈杰摄）

明朝初年，正是倭寇猖獗之时。据《明史》和地方志记载，洪武年间，倭寇大肆侵扰山东沿海一带，屡屡骚扰当地百姓，烧杀掠抢无恶不作。一时间，山东沿海一带狼烟滚滚，民不聊生，甚至出现了为躲避倭寇举家迁移的情况。倭寇的嚣张行径很快引起了明廷的重视，朱元璋下令在沿海地区设立卫、所，并迁大量内陆军民前来戍卫海疆。雄崖所地处即墨东北端海滨，东瞰大海，同背后的玉皇山唇齿相依，素来以"鸡鸣三县闻，浪拍三邑惊"著称。因其东北方白马岛上有一处雄伟的赭色断崖而得名"雄崖"，其险要的地势使它成为明代海防之要塞。莱州府辖区内沿海一线共设有三卫八所、七巡检司、十六寨、一百四十二墩堡，雄崖守御千户所就在其列。自建成起，它就成为明代戍守海防、抵御倭寇的中流砥柱。

据雄崖所各族族谱所载，朝廷在沿海建立卫所的命令一出，李、王、陈、赵、韩、陆等十六姓的始祖陆续从天南海北举家迁徙至雄崖所，由此开始了他们在这里抗击倭寇、戍守海疆的漫长岁月。清同治《即墨县志》记载，雄崖所设世袭正、副千户各2员，百户5员，吏目1员，管领春戍军252名、秋戍军319名、守城军51名、屯田军77名。闲暇之时，戍军们一面加紧操练，丝毫不敢懈怠；一面建城筑屋，开垦荒田。每到倭寇出没时，训练有素的戍军便逐浪于海波之中，如遇倭寇来犯，就如离弦之箭一般冲上前去，招招致命，使倭寇丧魂落魄。在戍军们年复一年的守卫下，黄海一带的倭患渐渐平息，沿海百姓又过上了恬静和乐、自给自足的耕渔生活。

如今的雄崖古城一派平静祥和，当年戍军们的子孙后代依旧生活于此。先辈们浴血奋战、保卫海疆的故事并未湮没于历史的洪流之中，敦厚朴实的古城人民最乐意向访客讲述他们先祖的故事。

6. 苏京守护安东卫

在日照岚山区所在地，有一座有着六百多年历史的海防古城，那便是安东卫。在距离安东卫约四公里处，有一块天然巨石屹立在海边，这便是被人们称为"万里海疆第一碑"的海上碑。提起安东卫和海上碑，有一位不得不提的重要人物——苏京。

明代时，肆意横行的倭寇频繁侵扰山东沿海各地，烧杀抢劫，无恶不作，导致沿海百姓民不聊生，叫苦不迭。为了抵御倭寇侵扰，朝廷在沿海各军事要地设置了多所卫所机构。安东卫所地处明清山东海防最南端，因其鲁东南沿海通衢要冲的重要地理位置和可作为内陆屏障的独特地形，承担起了海防御敌的重要职能。嘉靖四十三年（1564），肆虐已久的倭患逐渐平息，安东卫的军事地位也随之下降。此后虽然驻军减少，人口却日益增加。且它向内拥有鲁苏江淮的广阔腹地，向外面向辽阔的大海，是去高丽、日本诸国的咽喉要地，海陆交通发达，所以商铺林立，南北商客往来不绝，安东卫城从军事重镇摇身变为远近闻名的商业重镇。明清易代之后，明朝遗老整日沉迷享乐而无心复明，曾担任监察御史的苏京对此十分失望，认清现实后愤而离职，返回从小成长的故乡安东卫。他在家乡的短暂时间内，对维护当地社会稳定和发展做出了不容忽视的贡献。

此时的安东卫历经战乱，满目疮痍。但因为此前这里是商贾云集的繁荣商埠，早已被许多贪婪的盗贼尤其是莒州曹武生觊觎，城内到处弥漫着萧条且紧张的气息。曹武生召集了诸多贼匪，趁机作乱，并干脆在安东卫城西安营扎寨，多次骚扰安东卫，邻里乡亲备受其害。在此危急情况下，苏京没有置身事外。他亲自领导乡亲御敌，为了壮大力量，苏京将大部分家产变卖捐出，亲自招募乡勇组成抗匪团，并与安东卫的士绅百姓齐心协力，共同对抗曹贼。匪徒再次气势汹汹地前来挑衅骚扰时，丝毫没有料到安东卫内已组织起队伍，不禁吓得乱了阵脚。而苏京则早有准备，指导抗匪团积极应战，将匪徒打了个落花流水，并乘胜追击，一举捣毁了匪巢。此后数年，安东卫都没有再遭匪患。

苏京不仅维护了安东卫区域社会的稳定，还在这里留下了众多文化印迹。海上碑以海边的天然巨石为碑身凿琢而成，苏

海上碑（日照市文化和旅游局供图）

京、王铎等人纷纷在上面题书。1645年，对复明失望的苏京返乡后，除了立志为民以外，还转向山林海滩，过上了与世无争的生活。挚友王铎的到来，为他带来了不少乐趣。两人常因志同道合而促膝长谈，并共同出游，寻访山水。一日，他们来到岚山头海神庙前，当时正值傍晚，潮水飞涨、波涛汹涌，海水拍打着，在岸边卷起一堆堆浪花，散落在空气中，好似云雾弥漫。见到此情此景，苏京不禁脱口而出："真乃撼雪喷云！"知己王铎立马接道："确为砥柱狂澜！"话音刚落，二人便扭头对视，联想起当时的时局和处境，默契地开怀大笑。随后，二人又分别写下"星河影动"和"万斛明珠"。工匠根据这四句连夜赶制，石碑落成后，一时间引得人们竞相观赏，争相传颂。

海上碑距今已有三百年的历史，这块石碑面朝海岸，每当涨潮时，便会被海水淹没，等退潮后再次露出。正因所处位置的特殊，海上碑也成为中国唯一一块位于海边的古代摩崖石刻。站在碑石边上，远眺大海浪涛，近看惊涛拍岸，不但能充分感受到"撼雪喷云"的震撼，而且可以真正体会到脚踏坚石的豪气。

7. 涛雒海盐行古道

俗语有云："宁可食无肉，不能食无盐。"盐在人们日常生活中十分重要，它关系到国计民生，是古代重要的税收来源，属于受到官府严格管控的物资。日照濒海，自古即兴"渔盐之利"，是海盐的重要产地。特别是历史悠久的涛雒海盐，让千年古镇涛雒因盐而兴。明清时期，盐茶古道上骡马铃声脆响，盐民们由涛雒出发，西行至巨峰镇，沿着蜿蜒的羊肠小道翻山越岭，将涛雒海盐运至我国腹地。由涛雒至临沂再到西北，盐道纵横千里，串起了古道边的兴衰。

涛雒位于今日照市东港区，东临黄海。西汉时实行盐铁官营专卖，涛雒就是海曲县的产盐重地，设有盐官。北宋初年设置了涛雒盐场，元朝在山东设立盐运司管理盐务后，涛雒盐场取得了突破性发展。明代在山东设立了都转运盐使司，下辖的涛雒盐场设有司令、司丞等职官。清朝初年在涛雒设置了盐课大使，此时盐税收入占朝廷财政收入的三分之一，涛雒盐课一职也成为官员们艳羡的"肥差"。经过长时间的发展，涛雒盐场已成为当时山东沿海最大的海盐生产地之一。

盐业的发展带动了涛雒镇商业的发展。清咸丰九年（1859）隆冬，以翰林院编修入值南书房的郭嵩焘在清查山东沿海税务时，最后一站到达日照。当时的县令朱子湘向其汇报了日照县的情况，朱子湘颇为自豪地说："涛雒口商铺林立，是日照商业最为发达的地方，而之所以如此，是因为此地盐场遍布，盐课大使也驻守在此……"可见是涛雒盐业造就了涛雒镇的繁荣。到了民国时期，因盐兴旺的涛雒有了"小青岛"的美誉，日照海盐由涛雒口源源不断地运往上海、广东、湖北等地，涛雒海盐行销全国各地。

涛雒盐民世世代代以海盐为生，在赞叹大海的慷慨与宽厚的同时，制盐技术也不断发展演变。唐代之前，涛雒制盐手段较为原始，先民们煮海熬波，先将海水倒入锅类容器内，然后以木柴、草等作为燃料大火烧制，海水蒸发后，素洁雪白的海盐便如积雪般堆砌于容器之内。"白头灶户低草房，六月煎盐烈火旁。走出门前炎日里，偷闲一刻是乘凉。"一粒粒海盐皆由盐民的汗水凝成，赋予了万家幸福的味道。到了宋代，盐户们经过长期摸索，创造了"先制卤，后煎盐"的生产技术。即在海边滩涂划出专门的淋土场，并将其整平、压实，然后用木耙将淋土场犁起或在场上撒土，接着向淋土场泼洒海水，待土地渗干后再泼海水，如此循环数次，不断增加土内盐分含量。当土变为灰色或暗红色时，说明此时盐分含量已较高，此时用木耙将盐土碾细，然后用木板刮起，堆在牢墩（专为淋卤之用，圆形，底部铺有秫秸，周围筑埝，墩下为卤井）上，用海水浸灌，形成卤水顺着秫秸流入卤井之中。最后，将卤水用盆等器具煎制，水干后就可以得到海盐了。此法的每一个步骤无不凝聚了盐民们巧妙的匠心，大大提高了海盐的生产效率。明清时期，

涛雒盐场（日照市文化和旅游局供图）

涛雒盐场逐渐由煎盐向晒盐过渡，即先以盐土淋成卤，再用晒卤的方式得到海盐。这种方式使得所提取的海水中盐的浓度变大，得到的海盐颗粒饱满、色泽鲜亮，产量极高。海盐制作技术的重大进步，促进了涛雒盐场的发展。顺治十八年（1661）时，涛雒盐场有灶地 26354.91 亩，草荡地 31759.86 亩。万亩盐场与碧海蓝海天空纵横相接，银光闪闪，颇为壮观。

"盐田蓄海水，赤日凝晴沙。"沧桑变化间，煮海熬波已成记忆，百年盐道归于寂静。一粒粒海盐满足了人们的味蕾，承载着涛雒世代盐民的生计，融入了先民们文明的进程，也成为涛雒古镇繁荣壮美过往的见证。

（四）家族传奇

优秀传统文化的传承离不开对优良家族文化的弘扬与延续。青岛与日照滨海地区有不少世家大族，他们匡扶正义的壮举、引领文化的风姿、攻坚克难的精神，鼓舞着当地百姓奋发向上、积极进取，对地域文化的传承起到了正向激励作用，是榜样，也是传奇。

1. 西汉吕母复仇

复仇是人类社会中普遍存在的一种集体无意识。《山海经》中精卫填海的故事便表现了中国本土文化中早期的复仇精神。那么在我国古代社会，女性又是如何复仇的呢？

西汉末年，政治腐败、阶级矛盾不断激化，封建官僚、地主、商人相互勾结，加速了土地兼并。广大农民和手工业者受到了残酷的剥削和压迫，社会矛盾丛生、危机四伏。一个妇人复仇的故事在此背景下拉开序幕。

朝阳西山顶，石垒吕母崮。据史书记载，天凤元年（14），琅琊海曲有一个叫吕母的人，她的儿子吕育是当地的县吏。吕育因犯小罪，被县官残忍杀害，吕母决心要为儿子报仇。吕母家中有巨额资产，她酿好酒，买好刀剑和衣服，厚待青年，聚众数千。数年后，吕母的钱逐渐用完了，青年们要报答她，吕母哭着说："我厚待你们不是为了求得好处，只因为那县宰太不人道，把我儿子冤杀了，我要报仇。"青年们了解她的遭遇后，都答应帮她一起复仇。

吕母自称将军，用兵攻破海曲，抓住县宰后将其杀死，用他头祭奠自己死去的儿子。报仇以后，吕母率众渡海来到大西山。据说当时整个云台均在海中，吕母用巨石在此处垒起了城堞，流传后世，故此处被人们称为"吕母崮"。吕母是揭开西汉末年农民起义序幕的女英雄，她策动起义的初衷虽然只是针对县宰的横暴，为被冤杀的儿子报仇，但在反抗的过程中，她吹响了"杀人当死"的战斗号角。据有关史料记载，在吕母起义的感召下，农民起义的火焰在各地熊熊燃烧。"啸徒海上此权谋，一剑能教宿志酬，家国仇人同切齿，也应嫠妇恤宗周。"晚清诗人杨镜湖曾对吕母的反抗精神大加赞扬。

妇人为血亲复仇的故事，早在先秦时期就已流传开来。据《左传·昭公十九年》记载，莒国有一妇人，丈夫被莒国国君杀害。为了给丈夫报仇，妇人隐忍纺线编绳几十年，等到齐国军队攻打莒国时，妇人将绳子从莒国城墙垂下，使齐军有机会进入莒国纪鄣城内，完成了自己的复仇计划。以血亲复仇为主题，还有著名的伍子胥报父兄被杀之仇的故事。该故事以史传为载体，由复仇母题向外延伸，在历史的海洋中留下了浓墨重彩的一笔。

2. 琅琊王氏结缘道教

道教是中国土生土长的宗教。地处山东半岛南部的琅琊深受燕齐文化的影响，自古便是传说中寻求神仙和长生之药的福地。频繁的方仙道活动和神仙信仰的流行，促进了道教文化的发展与传播。王羲之所在的琅琊王氏家族，便深受道教思想的影响，形成了一套人生态度与处世原则。

那么王氏家族是怎样与道教结缘的呢？这还得从这一家族的起源说起。琅琊王氏家族历史源远流长，其先祖可上溯到周灵王太子姬晋。秦二世时，秦将王离的长子王元为了躲避战乱，来到了琅琊郡皋虞县。但直到王元曾孙王吉时，才举家迁到琅琊郡临沂县都乡南仁里。也正是因为如此，王吉被族人认为是王氏定居临沂的始祖。琅琊是道教文化的发源地之一，定居琅琊的王氏，自然也受到了道教的影响。久而久之，道教文化深入影响了琅琊王氏思想信仰的发展。

王氏家族迁居琅琊后，在浓厚的道教文化熏陶下，多倾向于追求恬淡的生活，注重修身养性。王羲之痴迷于道教，他淡泊名利，逍遥自在，结交了许多朋友，其中有不少是道教信徒或道士。王羲之经常与道士许询一起交谈，或游山玩水，或饮酒作诗。辞官之后，他又结交了道士许迈。许迈出身士族，但志不在仕途，而乐在遍游各地名山，采药炼丹，修炼养生术。两人结识之后，王羲之经常与许迈一起探讨人生和养生的问题。许迈还带王羲之游览了临安天目山。两人登上山顶，望着远处不断变幻的云海、若隐若现的青山，只觉仙气缥缈，好不自在。山路上有许多野生的石芝、肉芝等"仙草"，王羲之见后十分欣喜，经常与许迈相伴上山采摘。

道教信仰给王氏家族带来了诸多方面的影响，其中对中国文化意义最大的，莫过于对王氏书法的塑造。道家修习过程中抄写道经和画符的需要，要求必须能书写、会书法，因此，道教信徒多练习书法，代代相沿，成为家族传统。信奉道教的琅琊王氏书法传统由来已久，终于在两晋之际孕育出了我国古代最杰出的书法家王羲之、王献之父子。

3. 丁氏家族涛雒兴商

日照市涛雒镇拥有天然的海口优势，自古就是海运船舶聚集之地。晚清时期，涛雒因为相对安定的环境、便捷的海口交通优势，吸引了众多富商购置土地、建立商号。踏着涛雒商业春笋般蓬勃发展的浪潮，丁氏家族成员纷纷开办商号、经营商业，涌现出许多叱咤一时的风云人物。

清末民初，丁氏家族创办了多个名震中外的商号。第十二世丁汝鎡以贸易起家，其所创办的广记号是涛雒镇创立较早、实力最强的一个老字号，经营业务涉及农业、商业、航运业，可谓巨贾。创立于清咸丰六年的裕源号，则是由丁汝鎡的胞弟丁汝镇一手创办的，主要经营茶庄、百货。丁汝鎡和丁汝镇都承袭家风，重视文教，聘请名师教育孩子。二人各自的长子丁惟晋、丁惟普同塾就读，后都中举。后来丁惟普继承父业，成为裕源号掌门人，走上了经商之路。

光绪年间，丁惟普洞悉市场需求，开始专门从事食品加工。当时各商铺都是前店后坊的格局，丁惟普观察发现，涛雒街人来人往客流量大，是最为繁华的地段，地价十分昂贵。由于酱菜生产厂需要广阔的空间，为了节约成本，又不影响销售量，丁惟普独辟蹊径地将酱园和门市分开经营，酱菜生产厂建在涛雒七村，售卖酱菜的店铺则在繁华的涛雒街。他在涛雒七村水门外开办酱菜园，继续采用"裕源"商号，专门生产各种酱油、冬菜及豆瓣酱。酱菜园建立之初，原本干劲十足、要在食品行业大展身手的丁惟普却被泼了一盆冷水。因为缺乏制造经验，起初生产出来的冬菜口感欠佳，销量很低。为了提升口感，丁惟普到处打听。他听闻滕县有一位单学雨师傅手艺高超、远近闻名，便立即启程专门拜访，诚挚地邀请他来指导制作冬菜。单学雨被他的真诚所打动，便欣然同意了。丁惟普还让丁惟地、丁惟国兄弟二人拜单学雨为师，学习制作技艺，逐渐掌握了冬菜制作的精髓。就这样，裕源号门店开在繁华的涛雒街，加上冬菜酱香浓郁，吸引了无数百姓前来购买。冬菜口感脆爽备受欢迎，裕源号的生意日渐兴隆起来。据说，一次偶然的机会，裕源冬菜被进献给皇帝，皇帝品尝后连声称好。裕源冬菜当即成为晚清日照县唯一的朝贡品，并赐名"京冬菜"。此后裕源京冬菜声名远播，甚至远销上海和东南亚。在日照，一提起京冬菜，人们第一时间就会想到传承百年的老字号——裕源酱菜园。

此外，丁氏家族中还有许多商业人才，如同治年间丁惟瑎创立同生号，民国初年丁惟晋创办庆和商号，丁惟溪开办日照第一家私营银行"汇昌银号"等。丁氏家族还崇尚文教，常常投资教育，培养了许多社会栋梁之材。清代军事科学家丁守存、民主革命家丁惟汾、诺贝尔物理学奖获得者丁肇中等，都是涛雒丁氏家族的后代。

后来，许多从涛雒迁出的丁氏族人，无论居住地如何变化，仍旧自称涛雒人。"涛雒丁家"在鲁东南地区闻名遐迩，尽人皆知。

（五）习俗传承

1. 甜晒腌鱼久传承

　　走进青岛市崂山区王哥庄街道港东渔码头，一股浓郁的海鱼鲜味儿便会扑面而来。放眼望去，成排的晾晒架上挂满一串串整齐的鱼片儿。这一幕也出现在了《舌尖上的中国3》第七集《生》中，由港东甜晒鱼出发讲述青岛渔村生活的饮食文化。在港东村，随处可见正在晾晒的鱼干。或是在海边码头，或是在抬头可见的平屋顶，鱼片儿在阳光的渲染下发出诱人的色泽，油脂从晒到透光的鱼肉中由内而外地慢慢溢出，让人见了好不眼馋!

　　这种鱼片儿便是港东村独具特色的腌鱼。经渔民们多年摸索出的独特风干制鱼法处理，备受人们喜爱。青岛人通常把不加盐做的风干鱼称为"甜晒鱼"，"甜晒"中的"甜"并非指通过放糖调制出甜味，而是"天晒"之意。是指不加盐及其他调味品，经过自然风干后的腌鱼，这种鱼的口感十分鲜香劲道。

　　甜晒腌鱼的历史可以追溯到六百多年前，腌鱼技艺手手相传，流传至今。一提到甜晒鱼的历史和制作技艺，土生土长的港东老渔民便如数家珍。老一辈渔民出海捕鱼，来回海程较远，又没有冰鲜技术处理打捞上来的鲜鱼。为了防止变质浪费，他们直接将鱼切开洗净，将其挂在船上，让鱼自然风干。经过这样简单加工的鱼可以保存得更久，等船靠岸后，依旧能卖个好价钱。久而久之，先辈渔民们总结出了一整套的甜晒腌鱼制作技艺，并养成了由老师傅传授给年轻人的好风气。

渔民们从开始出海打鱼时就要学习腌鱼了。一代代渔民在几十年的实践中逐渐掌握了腌鱼的精髓。港东甜晒腌鱼分为割、腌、洗、晒四步，其中步步有门道："割鱼有讲究，要用专门的刀，不能回刀。腌鱼需要出海回来直接腌制晾晒，这样才能新鲜好吃。冬天是腌鱼最好的时候，这时风干的鱼表面干、内里嫩，吃起来口感筋道、汁水充足，滋味比鲜鱼更加醇厚。"港东村渔民还把传承甜晒腌鱼的技艺当做自己义不容辞的责任，他们一致坚定地认为，港东自古以来就是以渔业为生的村，传统的东西不能失传。

青岛崂山区港东村的甜晒鱼

渔民们制作的腌鱼除供自己食用外，其余大部分作为礼物或年货销售。"港东的腌鱼可以当礼物送人，比送奶类、蛋类好！"腌鱼作为特色年货由来已久，早已成为年货大集上的畅销品。每到腊月初，不少外地人纷纷驱车来到港东码头，选购这道特制的传统风味鱼干。近年来，随着《舌尖上的中国》等对港东腌鱼加工技艺的关注与宣传，甜晒腌鱼更是走出了青岛，走向了全国。

2. 踩着高跷推虾皮

在日照市东港区两城街道，靠海吃海的渔民们有一种独特的劳作方式——踩着高跷推着渔网捕捞虾皮。这种独特的捕虾方式被称为"推虾皮"，是日照市两城沿海渔民延续了上千年的传统，现已成为一道独特的风景线。

两城河和白马河入海口处渔业资源丰富，先民们经常在岸边捕捞鱼虾。此地水文和气候条件得天独厚，盛产毛虾。毛虾是海里最小的虾，但因饱满均匀、味道鲜香备受人们喜爱。毛虾生性胆小，一有动静便会以迅雷不及掩耳之势逃走。因此，一旦有渔船从海面上经过，它们便会受惊逃窜，极难捕捞。面对此状，渔民们十分头疼。"有没有什么办法，既能不惊动毛虾，又能大量捕捞呢？"渔民们苦思冥想、集思广益，想到了通过踩着高跷增加高度的办法，这样既不会惊动小虾，又方便人们在海里捕捞。

但踩高跷可是个技术活，更何况还是在深不可测的海水里。

渔民们对水下的情况无知晓，只能凭经验一步一步地慢慢移动，生怕踩空。"推虾皮"要求人的眼、手、脚全部配合默契，捕虾人脚踩着高跷、手推着网，眼睛还要仔细地观察周围的状况。每年的五月到十月，渔民们会选择风平浪静、温度适宜的时刻，三五成群地来到海边，踩着高跷，推着虾网，走到更深的水域进行捕捞。

"海里虾子打满了！快去帮着拿啊！"一声吆喝，两城镇肖家村捕虾人的妻子们赶快拿起扁担、挑着桶匆匆赶到海边，来收获渔民们捕捞的毛虾。这一古老独特的捕捞技艺之所以能一直传承到现在，离不开距离大海一里路的肖家村渔民的世代相沿。肖家村还致力于将这项传统技艺传承下去。如今，渔民们注册了商标，将捕捞上来的虾皮集中起来，统一晒制、统一包装、统一定价、统一销售，避免了市场无序竞争，也扩大了

日照踩高跷推虾皮（日照市文化和旅游局供图）

两城虾皮的影响。

如今，东港区受人关注的不只是"虾皮"，更是"推"的技艺，甚至还有游客亲自体验"踩高跷推虾皮"。这一传统的捕虾方式吸引了越来越多的游客前往观光、拍摄，还被搬上了舞台，渔民们的劳动场景通过艺术的形式被呈现了出来。

3. 鲅鱼礼下显孝道

"春天到，鲅鱼跳。鲅鱼跳，丈人笑。"在胶东地区流传着这样一句家喻户晓的谚语。但"鲅鱼跳"为什么会引得"丈人笑"呢？

在青岛崂山一带，流传着一则感人肺腑的故事。相传，有个孤儿被一位忠厚慈善的老人收养，待他长大成人后，老人便将自己的女儿许配给他为妻，一家人幸福美满地生活在一起。然而，一年春天，一个噩耗突然打破了这平静的生活。当时正值鱼汛期，老人突然病倒，垂危之时想吃鲜鱼。奈何天公不作美，天天狂风大作，根本无法出海捕鱼。眼看老人病情越来越重，那个孤儿便冒着生命危险出海捕鱼。得知他不畏艰难出海的消息后，老人不停地念叨着："好孩子，难为他了，罢了，罢了……"话音刚落，老人便与世长辞了。就在此时，青年抱着一条大鱼马不停蹄地赶了回来，只好把鲜鱼做熟后供在老人灵前。从那以后，夫妻二人每年都要在老人的坟前供上这种大鱼，并根据老人临终前的话，为这种鱼起名为"罢鱼"，也就是现在我们说的"鲅鱼"。

后来，鲅鱼成为春季最为新鲜肥美且富有特色的物产，广受欢迎。为避免"子欲养而亲不待"的遗憾，生活在海边的女婿们纷纷给岳父岳母送去最新鲜的鲅鱼以表达孝心。"送鲅鱼"就这样积久成俗，在青岛乃至整个胶东地区流传至今。每到谷雨时节，随着"桃花水"的到来，成群的鲅鱼随着洋流北上洄游至山东半岛一带，当地渔船便会满载而归，甲板上、塑料筐里到处都是新鲜的鲅鱼。听闻渔船归来，等待已久的女婿们立刻打起精神，第一时间赶去码头，在各个吆喝叫卖的鲅鱼摊前精挑细选。"哪里有大鲅鱼？要最大的那种！""我这里有！个大、新鲜，保准满意！"鲅鱼市场上的询问与叫卖声此起彼伏，买家们只要选中分量足、个头大、符合心意的鲅鱼，便迅速买下，生怕被别人抢了去，好不热闹。买完鲅鱼的女婿们个个喜笑颜开："鲅鱼是送给老丈人的，年年都买。一定要买头茬的，给老人尝尝鲜！"春季送几条新鲜鲅鱼给岳父岳母或家中长辈的习俗，已经深深留在了人们心中。

"鲅鱼礼"包含着晚辈对长辈的孝心，"吃鲅鱼"也传递着长辈对晚辈的爱护。收到鲅鱼后，长辈会在第一时间将鲅鱼制作成美味佳肴，与子女们一同分享，一顿鲅鱼盛宴让亲情再次升温。"儿女孝敬老人送鲅鱼，全家团圆吃鲅鱼"成为胶东地区充满温情的特色风俗，代代相传。

4. 孝心里的"海沙子面"

相传，很久以前在日照涛雒有户王姓人家，儿子王海靠捕鱼为生。他的母亲虽然年迈，但身子骨硬朗，能时常帮衬儿子，母子两人的生活还算是幸福安稳。

然而，天有不测风云。一年腊月，王海的母亲不小心染了风寒，四肢无力且毫无食欲，端来的饭菜凉了又热，母亲都提不起任何兴趣。这可把王海愁坏了，他十分担忧地询问母亲有没有想吃的食物。母亲踌躇半晌，说想吃点儿海鲜。然而此时外面天寒地冻，海水也结冰了，去哪里找海鲜呢？王海带着工具来到海上，小心翼翼地凿开了厚冰，原本不抱希望的他却惊喜地发现，在冰下露出的细沙里，竟然隐约藏着一些小贝！小贝如豆子大，贝壳薄至透明，与沙子混在一起，不仔细看很难分辨。王海喜出望外，连忙打捞上来。

回到家后，王海立刻擀面切面、洗蛤煮蛤。很快，一碗香喷喷、热腾腾、汤底金黄醇厚的面就做成了。其母见状，眼泪扑簌簌地直流，感叹道："好孩子，你爹去世早，你这些年没少操心费力地照顾娘。你的孝心可果真是感动了老天，我这老命不该绝。"王海母亲吃完这面，食欲大振，不多时日身体便恢复如初。

当时人们不认识这种贝类，称其为"孝心贝"。更有人说，这贝本是东海之珠，是王海的孝心感动了东海龙王，龙王赐予他的。还因其形状像海沙，与沙子混在一起难以分辨，俗称"海

沙子"。听闻王海的事迹后，邻里乡亲竞相去挖海沙子做面吃，一传十，十传百，这碗承载着满满孝心的海沙子面，渐渐成了远近闻名的小吃。当地老人过寿，儿女们都会去海边亲自挖或买来海沙子，学着王海的样子做一碗面。在日照流传着这样一句话："黑黄壳，泥里抓，八斤面来一斤沙。两勺油，韭菜茬，三番水淘五香撒。"随着人们世世代代的传承与改进，逐渐形成了一套十分考究的制作工序：一洗、二淘、三煮、四滤。经过这费时耗力的四道工序，一碗鲜美的海沙子面便大功告成了。

　　一方水土养一方人。如今，海沙子面已然成为日照人心间久久回味、难以割舍的家乡味道和独家记忆。"最鲜不过海沙子面"，这是大家对海沙子面极高的赞誉。

二

海域焦点

黄渤海文化廊道南段在近代最引人注目的历史，莫过于青岛的崛起及与其相关联的一系列国际焦点问题。1891年，鉴于海军建设所需，清政府在胶澳设防，青岛由此建置。1898年，德国迫使清政府签订《胶澳租界条约》，强租青岛。1914年，第一次世界大战爆发，日本趁机取代德国占领青岛，日照也卷入其中。日本的入侵衍生出山东问题，并引发了20世纪初中国近现代史上一系列重大事件。为收回青岛主权，中国在巴黎和会上与日本、美国、英国等列强展开了交涉，但并未获得成功。从而引发了轰轰烈烈的五四运动，促使北洋政府拒绝在对德和约上签字。经过不懈的斗争，中国最终在华盛顿会议上成功收回青岛主权。青岛的命运及与其关联的山东问题，影响了整个东亚海域的格局。

（一）青岛崛起

　　为巩固海防，1891年清政府批准胶澳设防，始有青岛建置。1898年德国强租胶澳后，将青岛定位为德国在东亚的军事基地和商贸交通口岸，制定了详细的发展战略，并在青岛建设起完备的海关、港口及一系列市政设施。随着城市建设的开展，西方文化元素不断涌入青岛，与中国传统文化在各个层面相遇，既出现过激烈的碰撞，也产生了互慕携手的佳话。

1. 青岛建置始末

青岛建置是清政府正式将胶澳地区纳入海防战略体系的结果，要从北洋海军基地的选址问题说起。

自北洋海军创办以来，海军基地的选址问题也提上议程。朝堂上，大臣们对于选旅顺还是威海卫各执一端，议论纷纷，最终也没有达成共识。就在朝臣们将目光聚集在旅顺和威海卫的时候，清政府外交事务大臣许景澄敏锐地注意到了胶州湾优越的地理位置，于是在1886年3月13日上奏朝廷，提出了将胶州湾辟为海军基地的新方案。事实上，欧洲列强觊觎胶州湾已久，19世纪80年代初许景澄出使法国和俄国的时候，就已在西方听说过有关胶州湾的传闻：胶澳是中国东部沿海的天然"不冻港"，方便大型船队在这里过冬、避风和转口停泊，如果能够夺取这样一个港口进行殖民统治，一定会赢得丰厚的回报。这些信息大多出自李希霍芬的《中国》。作为五国公使，许景澄十分敏锐地察觉到了胶州湾面临的危机，于是在1886年进行了实地考察，惊觉此地确实是块宝地，便赶忙上奏朝廷，请求在胶州湾设防。他十分坚定地认为，如果用心经营，胶州湾将在十年后成为一个重镇。这个提议使得原本就不平静的朝堂再次沸沸扬扬。半天朝议下来，大臣们依旧是各执一词，莫衷一是。实际上，此时的北洋军费已经捉襟见肘，李鸿章深思熟虑后，认为在胶州湾设防，以当时的兵力和财力是无法做到的。加上原本用于海防的资金被挪用到颐和园工程中，这件事便被搁置了起来，从此"泥牛入海无消息"了。

尽管如此，但李鸿章一直没有忘记在胶州湾设防这件事。1891年5月，李鸿章检阅北洋海军，他从大沽口乘船出海，察看旅顺、威海的海军设防情况。此次出海还有一个目的，那便是实地考察胶州湾的地形地势。搁置了五年的胶州湾设防之事，终于迎来了新的转机。

1891年初夏，李鸿章一觉醒来，走上甲板，顿觉满目金辉、水天一色。远远望去，一抹青翠浮现在水面，隐约看得见起伏的山峰。李鸿章不禁感叹："果然是个好地方！"他又透过望远镜远望，被胶州湾犄角拱卫的战略地位深深折服，心里立马有了答案。他扶着船舷坚定地说："百闻不如一见，百闻不如一见呐！今日既然已经见了，就再也不放手了！"就这样，在胶州湾设防大局已定。视察完后，李鸿章火速赶回天津，立马将胶澳的地形情状上奏朝廷，请求派兵驻防。6月14日，清廷批准胶澳设防，成为青岛这座城市的建置之始。

翌年秋，登州总兵章高元率领广武前营、广武中营、嵩武前营、嵩武中营四营兵力，浩浩荡荡移驻青岛口，建衙门于青岛村天后宫侧。青岛村顿失往日的宁静，一时间车声辘辘，人喧马嘶。从驻扎设衙开始，这方土地便迎来了翻天覆地的变化。在衙门东北和西北坡上，兵营、军火库、电报房等拔地而起，

德租胶澳前的青岛湾及海军栈桥（青岛市档案馆供图）

青岛与济南、天津、北京之间的电报电路也陆续开通。为了方便过往的商船在岸边停泊，在衙门前的海面修了一座石基桥，因其状如蜗牛，故名"蜗牛桥"。并在前海建起了一座铁码头，从海上抵达港口的北洋舰队就在这里靠泊，兵员、军械从这里登岸，这就是如今青岛栈桥的前身——海军栈桥。为了围绕青岛口形成一道防护"拱墙"，章高元拟在团岛、西岭、青岛三地设炮台，以形成坚固的海防屏障。不过只有青岛炮台顺利完工，团岛、西岭炮台还未修完，中日甲午战争突然爆发，章高元接到命令前去支援，胶州湾的防务计划也就被搁置了。

2. 胶州湾事件

　　1897 年 11 月 13 日，往常平静的胶州湾海面上有三只船舰若隐若现，悄悄向港口靠近。在炮台站岗的哨兵从望远镜中发觉了这些不速之客，发现竟是三艘德国军舰！哨兵赶忙将这个消息传达给总兵章高元。随后，章高元见到了三位德国军官，在得知德舰是因"借地操练"而进港停泊后，他长舒了一口气，心想："原来是虚惊一场！"可他万万没想到，这背后隐藏着一个蓄谋已久的强占胶州湾计划。

德舰的突然到访并非临时起意，其真实意图还得从德国欲强占胶州湾的野心说起。德国对胶州湾觊觎已久，早在1869年就展开了有计划的调查研究。胶州湾因其地理位置的优越，成为德国在中国争夺的重要候选地之一。

正当德国为侵占胶州湾绞尽脑汁地捏造"正当"理由的时候，机会来了。1897年11月1日，在胶州湾五百公里以外的山东巨野，大刀会的成员们手持器械冲入教堂，杀死了两个作恶多端的德国传教士，这便是轰动中外的巨野教案。这件事的发生为野心勃勃的德国人提供了一个等待已久的借口。11月6日，得知这个消息后，威廉二世欣喜若狂，立即向外交部发出指令："如果中国政府不立即赔偿巨额损失，并通缉和严办祸首，舰队就将立刻驶向胶州占领该地村镇，并采取严厉的报复手段。"其实，威廉二世的真实想法是立即占领胶州湾。他秘密向在上海的德国远东舰队司令棣利斯发急电，指示立刻率领舰队驶往胶州，占领那里适宜的地点与村镇。

于是，便有了开头的一幕。11月13日，章高元十分草率地听信了德国军官的谎言，完全卸下了戒备，没有采取任何防范措施。此时，风平浪静的表面下实际已经暗流汹涌，蓄谋已久的计划正在悄无声息地实施。"羚羊号"军舰上，棣利斯举着手中的香槟酒，似乎已经胜券在握。他得意洋洋地与身边的军官们提前庆祝。五百人的德军陆战队分乘三艘快艇，"羚羊号""威廉号"士兵从栈桥登陆，迅速强占了周边的高地，包围兵营，夺取了炮台。"哥尔莫兰号"士兵从马蹄礁附近强行登陆，霸占了清军的弹药库和军械库。

在德国军队迅速而又果断地执行着计划时，章高元并没有察觉到这一切。此时，他正在练兵场看着各兵营训练早操。早操散后，章高元像往常一样返回衙门，安孟大尉迎面递来了最后通牒，上面写道："贵官暨全体守军应在三小时内，撤退到青岛以北的沧口，炮台、大炮、弹药等应照现状放置，不准移动。"毫无防备的章高元犹如五雷轰顶，不知所措。这时，两名副将飞奔到衙署大堂，万分焦急地报告：炮台等一切都已被德军占领。这个噩耗使章高元怒不可遏，但是仍然没有采取任何反抗措施，只是吩咐副将飞速赶到胶州发电报。看着尚未有任何动作的章高元，棣利斯趾高气扬地说道："限三个小时内撤出沧口！"这一蛮横无理的要求激怒了章高元，他说："要在三个小时内完成撤退是不可能的！我身为朝廷命官，肩负胶防重任，现如今却惨遭失地，都还没来得及向圣上呈报就擅自撤退，实在不妥！""迟一个小时也不行，必须按照规定的时间撤退！"棣利斯强硬地拒绝了。章高元反问道："如果我坚持不退呢？"棣利斯听后傲慢地说道："我已经命令所有火炮装好了弹药，只要我一声令下，想必章将军十分清楚会是什么下场！"章高元听闻，想到大衙门外还有众多官兵，只好忍气吞声地下令撤退。

从登陆胶州湾到强迫章高元撤退，德国陆战队仅用五个小时，没花一枪一弹就轻易占领了胶州湾，胶澳命运由此转向。

3. 德国强租胶澳

胶州湾事件发生后，李鸿章坚持和平谈判，反对以武力驱逐德军。像以往一样，李鸿章采取"以夷制夷"的方法，在列强之间斡旋，天真地想要借助俄国的力量逼迫德国从胶州湾撤兵。

一天深夜，李鸿章乘坐轿子悄悄来到俄国领事馆，希望与俄国达成默契，请求支援。沙俄驻华代办巴甫洛夫听后，嘴上答应向国内发电派舰队压迫德国退兵，实际在心里悄悄地打起了自己的算盘：虽然胶州湾已被德国抢了先，但是可以趁现在的大好机会派出舰队，占领觊觎已久的旅顺。没几日，巴甫洛夫带着一则"喜讯"来到总理衙门，对李鸿章说："俄国已经派遣太平洋舰队司令率领舰队赶往胶州湾了。"正一筹莫展的李鸿章听闻这个消息后喜出望外，可高兴了没几秒，他忽然想到一个问题，问道："现在德国舰队已经占领了胶州湾，如果严格把守不让俄国舰队进入怎么办？"巴甫洛夫轻蔑地回答道："德国舰队只有三艘，俄国有十六艘，力量如此悬殊，他们怎么敢阻拦呢！"李鸿章听后像是吃了一颗定心丸，暗自庆幸"以俄制德"的办法快要成功了。殊不知，俄国与德国之间竟然相互勾结，俄国不但没有牵制德国，反而还顺利地占据了旅顺港。李鸿章此举不但没有夺回胶州港，还丢失了旅顺港。无奈之下，只好与德国谈判。

11 月 18 日，德国公使海靖抵达北京。两天后，海靖正式将经由德国外交部批准的谈判草案交给总理衙门，开始进行谈判。在第一份照会中，他针对解决巨野教案问题提出了六项要求，却对撤出胶州湾的问题避而不谈。总理衙门的大臣们看到照会后，表示虽然愿意商讨德国提出的全部要求，但是必须要在德军撤出胶州湾后才能进行和平谈判。但是海靖狡辩说德方只有留在胶州湾才能监督处理巨野教案相关事务。双方僵持不下，第一次外交谈判不了了之。11月27日，双方继续谈判，海靖蛮横无理地要求："谈判可以，但是必须满足一个条件，那就是谈判必须在德国驻扎胶州湾的情况下进行！"面对德国强硬无理的态度，总理衙门只好步步退让，同意了德国的蛮横要求。在这次谈判中，翁同龢等在提及赔款问题时与海靖商量："中国支付三千万两白银赎回辽东半岛已经不堪重负，无力再承担更多赔款。"而这恰给海靖抢夺胶州湾提供了理由。12月，在第三次谈判中，海靖直截了当地说道："鉴于中国方面的请求，我宣布放弃对中国的赔款要求。但是，出于感激，中国皇帝应该把胶州湾交给亨利亲王。"翁同龢立马反驳道："对于贵公使的要求，我们无能为力。为了维护中国的声誉，在亨利亲王到达中国之前，德国必须从胶州湾撤出！"此次谈判仍没有取得实质性结果，此后的多次谈判也都无疾而终。

1898年1月，海靖突然率领全体使馆人员来到总理衙门，让译员宣读了威胁意味十足的照会，要求强租胶澳。总理衙门见无力回天，只好忍气吞声，只求能把租借期从99年改为55年。但这一尝试也遭到了海靖的无情拒绝。

1898年3月6日，清政府被迫与德国公使签订了《胶澳租界条约》。这一丧权辱国的条约规定，德国租借胶州湾 99 年。

4. 弗朗裘斯设计青岛港

乘船从海上缓缓靠近青岛港，一幕如画的山海奇景、欧陆风景欢脱跳跃着映入眼帘。而创造出这幅美景的，便是德国筑港工程专家弗朗裘斯。他所设计的青岛港，不仅给予了人们欣赏青岛的一个新视角，还促使青岛由一座新兴城市迅速发展成为商贾辐辏的华北重要港口和国际贸易枢纽。

1897 年，德国强占胶州湾的阴谋即将实施的时候，为了充分了解在胶州湾建立海港的自然条件，德方秘密传令让弗朗裘斯展开了调查。但此时海靖仍旧坚持将厦门作为德国海军基地，他极力劝说弗朗裘斯放弃胶州湾而转向厦门。但是早已听说胶州湾优越地理位置的弗朗裘斯果断拒绝，海靖十分无奈，只好让他去了。获准后，弗朗裘斯乘着"皇帝号"来到胶州湾，进行了精确的技术调查。来到胶州湾，他沿着海岸线细致地观察海湾情况，不放过海湾的任何细节。每一处岛屿、每一个岸线、每一片滩涂，甚至每一片沙礁，都没有逃过弗朗裘斯的眼睛，被他一一记录。一份洋洋洒洒足有万字的调查报告就这样问世了，里面涉及海湾面积、岛屿、气候风向、地质构造、发展愿景等二十六项内容。更为重要的是，弗朗裘斯还亲自绘制了一幅海湾地图，提出了建造海港、船坞和铺设铁路的建议。这不仅为德国舰队强占青岛提供了精确的坐标，也为占领后设计建设青岛港提供了重要信息。

1898 年，德国强租胶州湾，在青岛展开了规划建设。胶州湾作为德国在华据点的建设方向是发展经济，蒂尔皮茨在管理德国租借地的计划纲要中说道："这样一个商业中心可以使德国的国民经济发展，并借此使德国所有阶层直接或间接地获得好处。"在充分了解胶澳地区自然条件的基础上，德占当局充分意识到，建设港口设施是大力发展胶澳地区经济的先决条件。为了能不断地对胶澳地区施加影响，必须在占有租借地通往内地的通道的同时拥有一个港口，同时修建防波堤、码头之类的水上建筑。

于是，在 1899 年春天，德方开始建设青岛港。青岛港的建设以弗朗裴斯的设计为蓝图，港址选定在胶州湾内部东侧。港口由大港和小港两部分构成，一条有足够深度的水道保证船只可以随时顺利驶入要兴建的港口。

5. 阿理文管理胶海关

胶海关是近代中国第一个租借地海关，开租借地海关关税制度的先河。它是德方对旧政治秩序进行挑战和中方因压力折冲樽俎的结果，既奠定了青岛港的现实地位，改变了山东贸易体系的版图，也缓和了中国与帝国主义国家的冲突，同时为中国带来了更多危机。胶海关大楼，是托尔斯顿·华纳《德国建筑艺术在中国》中提到的代表性建筑之一。这座已成为青岛海关博物馆的历史建筑，与胶海关首任税务司德国人阿理文之间有着一段过往。

1898 年 9 月，德国正式宣布青岛为自由港，并同意在青岛租借地设立中国海关。那么海关是设在租借地之内呢，还是仿照英国经营香港自由港的成例设在租借地之外呢？德方就这一问题进行了多次讨论，鉴于世界各国在华势力虎视眈眈的情况，考虑到青岛未来的发展，最终决定将海关设置在租借地之内。对清政府而言，这样做不仅可以减少关税的流失，还可以省去因惩治边界走私而引发的一系列麻烦，可谓一举两得。中德双方关于在青岛设立海关达成了初步共识。随后，德国驻华公使海靖和总税务司赫德在北京会订了阿理文起草的二十条《青岛设关征税办法》，把整个租借地都划为自由港的范围。

1898 年 8 月 15 日，奉清廷海关总税务司赫德之命，阿理文调任青岛筹办设关事宜。阿理文到青岛后，将东海常关青岛钞关码头的四栋平房作为临时的办公室和宿舍，同时开始筹建海关公署办公楼及宿舍。1901 年 8 月 10 日，兰山路 5 号的胶海关办公楼和宿舍竣工。同年年底，阿理文编制的海关报告完成，得到了德国总督和中国政府的一致认可。1903 年，时任山东巡抚的袁世凯上奏为阿理文请功。不过，由于阿理文起草的《青岛设关征税办法》没有拟定适当的条款以控制进出内地的货物，以致他只得在与租借地临界的地方设立一连串海关关卡，未能达到设立胶海关的预期。

1904 年，胶济铁路全线通车，仿佛是为青岛港的"鲸吸巨口"插上了一根强有力的"吸管"。为了谋求更多利益，1905 年 12 月 1 日，德国驻京大臣穆默与总税务司赫德又重新签订了《会订青岛设关征税修改办法》，对原来的关税制度进

胶海关大楼旧影（青岛市档案馆供图）

行了修改。新关税协定的实施宣告了胶海关关税体系的形成，使青岛港逐渐走向繁荣。据 1905 年汉堡商会年报载，青岛的整个发展情况是可喜的。据 1905 年中国海关总署的贸易和关税数字来看，1898 年刚刚开港的青岛已经赶上了 1863 年就开港的芝罘（今烟台）了。

至 1907 年，青岛港已经完成了由自由港到无税区的蜕变。随着海关机构部门的不断完善，原有的海关公署办公楼已经不能满足发展的需要。1912 年 12 月，阿理文呈请总税务司批准在大港区新建海关大楼。1913年竣工，1914年4月，举行了落成和迁址典礼。

6. 力保天后宫

在青岛有句老话："先有天后宫，后有青岛市。"青岛天后宫始建于明成化三年（1467），是青岛地区港口贸易发展的历史见证者。伫立在海风中已有数百年的天后宫，在德国人到来之后，曾面临被拆除的危险。

胡存约《海云堂随记》曾记载德国强占胶州湾之前天后宫的繁荣景象：每年人们都会来天后宫焚香祈祷，代代如此，渐渐成为当地人约定俗成的默契，与人们的日常生活紧紧地联系在一起。尤其是每逢正月初一、正月十五、三月十五等重要日子，天后宫更是人群熙攘，商人、渔民纷纷前来焚香祈祷、叩拜天后，香火袅袅不断。庙会时节，天后宫还会搭建舞台，举办杂耍、秧歌、江湖把戏等各式各样的活动。人多的时候，台子甚至能搭到总兵衙门南边，人来人往，水泄不通，好不热闹！

然而，承载着青岛人祖祖辈辈信仰的天后宫，差一点被蛮横无理的德国殖民者无情地毁掉。德国强租胶澳后，对青岛进行了区域划分，天后宫被划在了青岛区。青岛区是"欧美人居住区"，禁止中国人在这里居住和活动。德国殖民当局将区内原有中式建筑强行拆除，取而代之的是一座座欧式建筑。为了进一步限制中国人在青岛区的居住和活动，彻底消除根植于老百姓心中的历史记忆，德国人决定拆除天后宫，从而禁止中国人在青岛区的活动。德方十分狂傲无礼地提出："现在青岛区处处弥漫着浪漫的欧式风情，古老破旧的天后宫在这里格格不入，十分突兀，要求直接拆掉！"这个消息一传出，便立刻遭到中国百姓尤其是华商们的强烈反对。在他们心中，天后宫是祭祀神灵、寄托希望的地方，是无可替代的，拆除天后宫就是拆掉他们经营已久的心灵栖息之地。

得到消息后，商界名人，时任瑞泰协经理的胡存约当场拍案而起，发誓坚决捍卫天后宫。于是立即联系傅炳昭、丁敬臣、包幼卿、周宝山等人，聚集在一起为保护天后宫献计献策。大伙义愤填膺地说道："天后宫是我们祖祖辈辈的祈福之地，绝对不能向德国人妥协，我们必须强烈反对，竭尽全力保护好天后宫！"于是，以胡存约为首的商人一起来到总督府，据理力争："天后宫是本土乡民祈求平安、祈祷航运顺达的地方，强拆必将引起民愤，影响青岛治安甚至商业繁荣。"面对剑拔弩张的

青岛天后宫旧影（青岛市档案馆供图）

形势，德国总督暗自忖度后，只好回应道："这件事我得先向威廉皇帝报告一下，暂时不会拆除。"就这样，在中国商人的奋力抵抗下，德国人拆除天后宫的阴谋没能得逞，天后宫遂成为青岛前海一线一派欧陆风情中唯一一处中国建筑。正如崔士杰在《濯沧斋诗钞》所赞叹的："海山处处皆新色，吊古惟凭天后宫。"

7. 劳乃宣与卫礼贤

在近代青岛的中外文化交流中，曾经有这样两位传奇人物。一位是以清朝遗老自居的大学者劳乃宣，另一位是德国传教士卫礼贤。他们之间的友谊和共同传播中国传统文化的故事，传为佳话。

1899 年，一位名叫理查德·威廉的德国年轻牧师，因为一直以来对中国文化心向往之，便在刚刚完成自己的订婚仪式之后，迫不及待地来到青岛，并以传教士的身份定居下来。理查德如饥似渴地学习中国文化，不断向青岛有学识的官员、教师等请教，学习儒家典籍，还把自己的名字改成了充满中国传统儒家特色的"卫希圣"，字礼贤。他建立礼贤书院，专门致力于中德文化交流。经过十余年的学习，卫礼贤对中国文化和儒家典籍有了比较深入的理解和体会。1910 年，他翻译的德语版《论语》在西方引发轰动，这些都为日后他与儒学大家劳乃宣结下师生情缘、推动中国文化的对外传播奠定了基础。

1913 年，劳乃宣应邀来到青岛礼贤书院任教，为两人的相遇提供了契机。劳乃宣曾担任过京师大学堂（今北京大学前身）校长、上海南洋公学（今西安交通大学及上海交通大学前身）校长，在音韵学、书法方面造诣极深。这位老人学问高、脾气怪，辛亥革命之后就以清朝遗民的身份隐居在今河北涞水县，生活非常拮据。劳乃宣曾经给罗振玉写信，半开玩笑说自己隐居后日日与夫人在田间劳作以自给。正巧，曾任山东巡抚、辛亥革命后隐居在青岛的周馥与卫礼贤熟识，周馥又极为推崇劳乃宣的学问，于是举荐劳乃宣主持礼贤书院。1913 年，七十岁的劳乃宣举家来到青岛。

谁也不曾想到，劳乃宣的到来会给卫礼贤带来怎样的震撼。卫礼贤在晚年所写的回忆录《中国心灵》一书中，记载了他曾经做过的一个梦："梦里有一个眼神友好、胡子雪白的老人来探访我。他称自己为'崂山'，要我去探寻古老山岳的秘密。我向他鞠躬表示感谢，他一消失我立刻醒了。"梦醒后，卫礼贤念念不忘梦中的老人，这位老人仿佛已成为他所追寻的中国文化的化身。所以，卫礼贤初见劳乃宣时，惊觉眼前这位老者与梦中的老人仿佛融合为一，连名字都如此相像，震惊得久久不能言语。大名鼎鼎的瑞士心理学家荣格与卫礼贤熟识，且因《易经》研究认卫礼贤为师。荣格曾多次把这一梦境下的传奇相遇，解释为因卫礼贤和劳乃宣对中国文化有着同样的执着，两人产生了心灵上的相互指引。

此后，劳乃宣就居住在小鲍岛的吴淞街，为卫礼贤主持尊孔文社和礼贤书院。劳乃宣在给罗振玉的信中写道："尉君以弟子自居，其人恂恂有儒者气象，殊难得也。"关于在青岛的生活，他也在信中写道："岛地山川清旷，所居之屋，室中可以看山，廊下可以望海，甚是适怀。"卫礼贤折服于劳乃宣的学问，遂以弟子自居，劳乃宣也倾尽全力，为卫礼贤详细讲解中国典籍的深意，卫礼贤再经过自己的理解，把中国典籍翻译成德文。第一次世界大战爆发后，劳乃宣曾转居曲阜避难，卫礼贤也曾短暂回到德国，但返回青岛后他一直为劳乃宣保留着居所和职位。而劳乃宣不仅被卫礼贤的诚心所感动，事实上通过和卫礼贤一起研究中国传统经典，也使他找到了巨大的价值感。于是，劳乃宣又回到青岛，继续以教授和学习的方式，与卫礼贤共同翻译中国典籍。在两人的合作之下，《孟子》《易经》作为中国名著迅速传往西方世界，《易经》在西方的大流行更是奠定了卫礼贤西方著名汉学家的地位，在西方社会产生了巨大影响，荣格的心理分析学便是从《易经》中汲取了大量灵感。

劳乃宣去世后，卫礼贤接受北京大学邀请继续留在中国任教，在中德文化交流方面做了大量工作。1924 年，他在德国法兰克福大学成立了专门传播东方文化、致力于中德文化交流的中国学社，为中国文化在西方的传播做出了巨大贡献。他与劳乃宣在战争年代的青岛，跨越国界、立场、文化，建立起师生情谊，共同致力于中国文化的对外交流与传播，成为近代青岛文化交流史上的一段佳话。

（二）日占山东

1914 年 7 月 28 日，奥匈帝国向塞尔维亚宣战，引发了第一次世界大战。日本以英日同盟为名，趁机出兵山东，打败德国，接手了德国在青岛的一切权益，开始了对青岛长达八年的殖民统治。

1. 日德青岛之战

第一次世界大战爆发后，日本认为这是扩大在华权益的绝佳机会，迅速对德国宣战，要求德国将胶澳无条件交给日本，否则将采取必要行动。面对日本发出的最后通牒，德国会如何应对呢？

时间很快来到 1914 年 8 月 23 日，德国并未对日本做出答复，日德战争一触即发。当时德国在青岛约有一万人的兵力，布置了以浮山、四方山等为制高点的外围防线，以及将台东镇等作为堡垒要塞的内围防线。日本则调动了陆军独立第十八师团、加强步兵第二十九旅团等五万余人的兵力，并配备了数百门重型火炮，计划先封锁胶州湾，夺取制海权；由海军掩护第十八师团主力从龙口登陆，经平度、即墨进攻青岛；以一个支队的兵力进攻潍县，控制胶济铁路，切断德军补给线；当主力到达即墨后，后续部队在崂山湾登陆，配合主力从侧后方围攻青岛，从而占领整个山东半岛。而袁世凯领导的北洋政府却宣布"局外中立"，将潍县、诸城以东划为"交战地区"，允许日军自由行动。由此，日德青岛战争打响了。

按计划，8月27日，日本海军第二舰队封锁胶州湾并发表宣言，限令外国船舶二十四小时之内离开。第二天，尾光臣中将率领的独立第十八师团在长崎集结完毕，派遣山田良水支队为先头部队，乘船从日本八口浦出发。9月2日，先头部队抵达龙口，开始登陆。当时天气恶劣，狂风大作，暴雨如注，道路湿滑，直至9月7日才登陆完毕。后续主力部队则于9月15日登陆完毕。登陆后的日军相继沿莱州、平度向即墨推进，并于9月24日全部抵达即墨。此外，陆军少将崛内龙明率领的支队原定在龙口登陆，但因海上风浪太大而转由崂山湾登陆。9月18日，日军崛内支队在崂山仰口登陆，先后攻占王哥庄、浦里、石门山东麓等。在先头登陆部队的掩护下，日军野战重炮队、辎重队等先后于9月21至26日在崂山湾登陆。期间，从天津赶赴青岛的英国军队也于23日在此登陆，与日军会合。与此同时，另一支西进的日本军队于9月26日占领潍县车站后，不顾中国抗议，继续沿胶济铁路西进，很快占领了济南火车站，完全控制了胶济铁路。至此，日军已从海陆两面完成了对青岛德军的包围，开始发动进攻。

9月26日，日英联军开始进攻青岛外围。经过激战，德军败退，日军占领了孤山、浮山一线的德军外围阵地，随后开始迅速准备进攻青岛要塞的各项事宜。经过近一个月的准备，日英联军将攻城部队编为四个梯队，分别进攻海岸堡垒、台东镇堡垒、小湛山堡垒、中央堡垒、小湛山北堡垒等要塞。10月31日，日军从陆海两面对德军的防御体系进行全面攻击。经过六个昼夜的激战，德军损失惨重，防御工事遭到严重破坏。接着，日军在炮火掩护下，不断向德军各堡垒逼近，攻占了中央堡垒、台东镇堡垒等。11月7日，日军乘胜追击，又迅速占领了太平山、青岛山及贮水山诸炮台。至此，德军全线崩溃，其在青岛要塞全部陷落。德国眼见无法挽回局势，只得向日本投降，并与日军签订开城规约。11月16日，日军进占青岛市区，日德青岛战役落下帷幕。这次战役，自9月2日日军从龙口登陆起，至11月16日日军占领青岛结束，历时67天。日军直接参战兵力达29272人，其中1245人伤亡，5艘军舰被击沉；德军伤亡910人，其余被俘或投降5000余人。

日德青岛战役是第一次世界大战中唯一的亚洲战役，不仅改变了东亚海域的国际关系格局，衍生出中日两国间的山东问题，也改变了青岛的城市发展进程。日本开始了对青岛长达八年的殖民统治，给这片土地上的人民带来了沉重灾难，导致青岛人口大量减少、工商业停顿半年之久、公私财产损失严重。直至1922年，中日在华盛顿会议上签订了《解决山东悬案条约》，青岛才回到祖国怀抱。

2. 德舰 S-90 日照掀波澜

1914年10月18日凌晨，正在人们酣睡之时，日照石臼所一带海岸传来一声山崩地裂般的巨响，爆炸引起的冲击波打破了海面的平静，火光冲破天幕，裹挟着被引爆的船体熊熊燃烧。这艘被引爆的船舰正是德国 S–90 号雷击舰，它骤然出现在日照海域，引起了轩然大波。

1914 年日德青岛之战期间，10 月 17 日清晨，日本联合舰队在青岛对德国军舰展开炮击，并形成了包围之势。此时 S–90 号正停泊于小港内的鱼雷修理厂栈桥边，在舰长布鲁纳的指挥下，S–90 号在当晚九点左右，趁着月色躲过了日军驱逐舰的侦查，成功突破了日本的封锁线。布鲁纳迅速下令，将船舰所有鱼雷调整至与驱逐舰进行战斗的平射位置，船舰缓缓向南行驶，在朦胧的夜色中悄然前进。

"前方发现一艘船！"10 月 18 日凌晨一点，负责左舷警戒的中士低喝一声。布鲁纳立即拿起望远镜朝向正前方，迅速辨认出这是一艘日本军舰，他毫不犹豫地下令："前方发现敌人，准备进攻。"

而前方的日本军舰显然还没有发现在漆黑深夜中前行的 S–90 号。连续两个月日夜不休的巡视并没有使他们发现德军的任何动向，单调的封锁任务渐渐令他们感到麻木，丝毫没有意识到，危险，正在悄悄来临。

S–90 号迅速拉开与日舰的距离，然后划出巨大的弧线向南方兜去，希望从侧面靠近日本军舰。布鲁纳心中暗暗估算着与日舰之间的距离：一千米，九百米！就是现在！布鲁纳下达命令："两台发动机——全速前进！"很快，S–90 舰在距离日舰五百米左右时，进入了最佳进攻位置。随着布鲁纳向鱼雷炮手发出开火许可，一枚鱼雷从炮管中射出，鱼雷扯着嘶嘶声以极快的速度冲向日舰。紧接着，布鲁纳又下令发射了第二发、第三发鱼雷，日本人的船舰上顿时腾起暗红色的火焰，包裹吞噬了整个船体。爆炸产生的碎片呼啸着向 S–90 号袭来，随即又淹没于黑夜之中。一切都发生得极为突然，这艘被 S–90 号袭击爆炸的日本军舰，正是日军的二等巡洋舰"高千穗"号。就这样，曾经参加过中日甲午战争的"高千穗"号以一种"极不体面"的方式黯然退场。

突袭高千穗号后，S–90 号在夜色掩护下迅速逃离了战场，向南全速驶去。由于在作战中 S–90 号多次被相距不远的"高千穗"号爆炸产生的碎片击中，舰船舵叶的转向开始出现故障，船体侧舷也开始渗水。不得已，S–90 号只能沿着海岸线缓缓行驶，又在黑暗中意外撞向了暗礁。触礁以后，布鲁纳考虑到后方追击的日军最终会将 S–90 号战舰作为战利品拖回日本，无奈之下，决定将船炸掉。于是，在日照海域附近，德军引爆舰船，S–90 号瞬时成为一片残骸。

S–90 号被炸以后，布鲁纳率六十一名德国士兵弃船而逃，登陆的地点正是日照石臼所港湾西岸。石臼水警迅速将这一紧急事件报告给日照县知事王家祯，王家祯立即率人追赶逃跑的 S–90 号船员。失去舰船的德军犹如丧家之犬，加之对日照地形不熟，很快就被追上。王家祯将被俘虏的德国士兵安置在城外千佛阁之中，并对四名德国军官给予"优待"，将其安置在县公署内。一时间，县公署内一片忙乱。王家祯一面对惊魂未定的德军宣读中国中立条规、将德军在我国海区毁船事件加急向中央政府汇报请示，一面又怕日军追至此处，遂派人带领日语翻译牟家观急赴石臼所海口以备日军追来。此时，日正在加紧进攻胶州湾，被俘虏的德军越来越惶恐不安，唯恐日军追到此处。王家祯等人一面焦急地等待上级的指示，一面加派警卫队，并雇了两名德语翻译，把德军移交给了沂防司令所辖中心地点——临沂县。之后接到中央指示，将德国士兵护送至南京安置。10月20日上午九点，日本黑田勇吉舰长驾驶千日驱逐舰追至石臼所，意欲为"高千穗"号报仇雪恨。骄横跋扈的日本人无视北洋当局的中立法规，即德军毁艇应由中立国处置之规定，肆意拆卸德舰上的炮械等，并在德舰上升起日本军旗。面对来劝阻的日照县委员，日军竟鸣枪威胁恫吓，同时抓捕了东海峪、山后村的居民卸运德舰上的重要器械和枪炮。面对日军无视条约、践踏中立国权益的无耻行径，日照县当局与蛮横无理的日本人再三交涉，但日军对中方抗议置若罔闻，甚至又加派两艘军舰示威。一直到10月23日早上六点，日方请示海军司令，确定对德艇没有"关心"的必要后，才将德舰上的日旗卸下，离口北上。

3. 日本强夺胶海关

胶海关是日占青岛后垂涎的重点对象。德占青岛时期，胶海关虽是中国海关机构，关员的选派权也属于中国政府，但关员全部由德国人担任，这就使德国掌握了青岛港进出口贸易的主导权。日本占领青岛后，胶海关的命运又将何去何从呢？

按理说，胶海关本来就是中国海关机构，此时自然也应由中国政府管理。但是，为大肆掠夺中国原料和向中国倾销商品，日本蛮横地要求胶海关全部关员由日本人担任，意欲夺取胶海关。这一行为不仅侵害了中国主权，更直接威胁到了英国在中国海关的主导地位。因此，时任中国海关总税务司的安格联，身为英国在华海关利益的代言人，提议由英国人与日本人共同担任胶海关关员。中国深感国力贫弱，无法单独抗衡日本，只得采取"联英制日"的策略，期望可以借此收回胶海关。日本强烈反对，先以如此安排可能导致胶海关管理混乱为由搪塞英国，然后向中国表示将推荐日本人任职，妄图建立一个完全听命于日本的海关。这又遭到中英的强烈反对，中国代表更是与日本代表在交涉中发生了冲突。

　　日本此时已经失去了耐心，先借口"军事必要"派兵强占了胶海关，接着向中国推荐了担任胶海关关员的日本人名单。日本还生拉硬扯、无中生有地提出各种推荐理由，更在没有通知中英双方的情况下，擅自开关征税，造成"既定事实"，以逼迫两国答应其要求。中国坚守立场，坚决不受日本钳制，决定在青岛另设海关征税。"一地两海关"的局面严重破坏了中国海关的统一性与完整性，也侵损了安格联的职权，进而侵害到英国在华利益。英国"软硬兼施"，一边以英日同盟的宗旨之一是维护中国的行政完整为由"约束"日本，一边答应胶海关关员全部任用日本人，并且以在中国海关中增加日本人的职位来"诱惑"日本，使其放弃推荐要求。日本对英国开出的条件相当满意，同意了英国的方案。最终，中、英、日三方达成协议，日本将胶海关归还中国，胶海关全部关员由中国政府选派日本人担任，并在中国海关中增加日本的任职人数。

1915年，中日签订《恢复青岛海关协定》，胶海关重回中国怀抱，但全部关员由日本人担任，日本实际上控制着胶海关。日本开始大肆对华倾销商品并掠夺中国原料，对华贸易额突飞猛进，掠夺了大量财富，进一步加深了对华经济侵略。直至1922年，中日两国在华盛顿会议上签订了《解决山东悬案条约》，废除了《恢复青岛海关协定》，胶海关才真正意义上成为中国海关机构。

（三）解决山东悬案

第一次世界大战结束后，中国为了收回青岛，在巴黎和会上与列强展开了激烈交涉，但并未获得成功，从而引发了轰轰烈烈的五四运动。面对巨大的舆论压力，北洋政府拒签对德和约，使山东问题成为悬案。直至华盛顿会议召开，中日双方在会议上采用"边缘"谈判的方式签订了《解决山东悬案条约》，中国才最终收回青岛。

1. 顾维钧舌战巴黎

日本在巴黎和会上的主要目标就是继承德国原先在山东的

所有权益,中国则希望无条件直接收回青岛。巴黎和会中国政府全权代表之一顾维钧是美国哥伦比亚大学国际政治博士,精通国际法,又对山东问题有深入的研究。他成为会议上中国对外交涉的核心人物。

参加巴黎和会的中方全权代表们深知,在会议上陈述不力可能会导致自己成为千古罪人。正当其他代表面对发言纷纷表示"谦让"时,顾维钧挺身而出,自告奋勇地承担起了在讨论青岛问题时代表中方发言这项艰巨的任务。1919年1月28日,仅进行了一晚的准备,顾维钧便与日本全权代表牧野伸显展开了正面交锋。顾维钧首先对山东的历史、风俗、语言、国防等关系进行了陈述,认为和会应将青岛、胶济铁路及其附属权利完全归还中国。牧野伸显认为中日已签订"密约",日本已拥有占领青岛的法理地位,和会只需同意将德国原在山东的所有权益转让给日本,然后再由中日间依据成约办理即可。随后,顾维钧用流利的英文、娴熟充分的国际法知识,分三个层面驳斥了牧野伸显:第一,中国很高兴听到牧野伸显在巴黎和会上声明日本以后将归还山东,但在归还手续上,中国认为一步直达较两步更为直接;第二,牧野伸显所称中日"密约"实际上是中国政府在第一次世界大战期间迫于日本的要求而同意签署的,应该是无效的,退一步讲,即使舍弃当时被迫签署之情景,中国政府认为这些条约所涉内容充其量只是当时战争情势下的临时问题,自然也是无效的;第三,即使这些条约有效,中国对德宣战也已经使情况发生了变化,根据"情势变迁原则",这些条约现在肯定不能继续执行了。而且,中国早在对德宣战时就已声明，中德间一切约章均因开战而失效，故德国原先在山东的所有权益在法律上早已应该归还中国。再退一步说，1898年中德签订的《胶澳租界条约》规定，租借权利不能转让给他国。顾维钧这一精彩发言，层层论述了中国要求直接收回青岛的理由，有力地驳斥了日方，顾维钧也在巴黎和会上一鸣惊人，获得了各国外交代表的赞赏与喝彩。

可惜，事不遂人愿。日本抓住意大利退出和会之机，扬言巴黎和会若不答应其关于青岛问题的要求，也将退出和会，并且不加入国际联盟。此时若日本再退出，那么巴黎和会将面临破裂，美国只得对日妥协。同时，英、法、意与日本在第一次世界大战期间签订过密约，纷纷表示支持日本战后取得德国在山东的权益。在这种情况下，巴黎和会以中日间已有成约为由，决定让日本继承德国原在山东的所有权益，并将其写入《协约及参战各国对德和约》之中。

中国在巴黎和会上外交的失败引发了轰轰烈烈的五四运动，民众纷纷要求拒签和约，不断向北洋政府与中国代表团施加压力。在汹涌的民意面前，北洋政府在签约与拒签之间不断摇摆，中国代表团也无人愿意承担签字的责任，外交总长暨巴黎和会中国代表团全权代表陆徵祥更是生病住院。此时，顾维钧毅然挑起了大梁，利用自己卓越的外交才能，几乎以一己之力承担起了中国代表团对外交涉的重任。

顾维钧首先向巴黎和会提出抗议，然后尝试提出保留签字的各种方案。所谓保留签字，就是中国对和约中涉及山东问题的条款保留意见而后签字。为此，顾维钧与列强展开了交涉，先是提议"约内保留",或作为对德和约正文,或作为对德和约附录,但遭到拒绝;接着主张"约外保留",即中国向巴黎和会提交保留山东条款的正式公函后签字,也被拒绝。在整个交涉过程中,顾维钧越挫越勇、坚毅不屈,令人感动。随着签署对德和约日期的逼近,中国代表团已无可供选择的方案提出,最终只得拒签了对德和约。

顾维钧用自己严密的逻辑、清晰的论述、得体的措辞、流畅的英语,在国际外交舞台上率先发出了中国的声音。他在辩论时力压日本外交官,暴露了日本对华的威逼胁迫,不仅为中国争取到了国际同情,也为中国收回青岛奠定了法理上的基础,同时激发了国人的自信心。顾维钧为中国近现代外交史留下了浓墨重彩的一笔,被誉为"民国第一外交家"。

2. 威尔逊巴黎和会"出卖"青岛

1918 年,美国总统威尔逊在国会演说中倡导民族自决、公开外交等原则,美国还多次明确表示愿意援助中国在巴黎和会上收回青岛。得到美国承诺的中国代表团欢欣鼓舞,憧憬着收回青岛的那一刻。可是,美国会信守诺言吗?中国能否如愿呢?

当时,共有二十七个国家参加巴黎和会,但核心是美国、英国、法国、意大利、日本五国,而且他们也有各自的利益诉求。美国希望建立国际联盟,以建立"世界新秩序"的目标;英国希望通过和会来巩固其海洋霸权;法国希望和会可以保障其在欧洲大陆的军事安全；意大利希望扩张领土，让和会同意其占领阜姆；日本的目标则是直接继承德国在山东的所有权益。这就决定了巴黎和会将是一场利益博弈的大会。

会议最初阶段，日本代表在没有中国代表在场的情况下要求将青岛无条件让与日本，企图撇开中国来讨论山东问题。威尔逊坚定地伸出援手，为中国争取到了发言机会，中国代表才得以在和会上向全世界声明中国直接收回青岛的法理依据。但此后，威尔逊对中国的支持发生了动摇。意大利占领阜姆的要求被威尔逊拒绝，意大利愤然退出和会，导致会议谈判陷入停滞。日本看准时机，提出要讨论山东问题，要求和会答应日本的要求，否则日本将效仿意大利退出和会。如若日本真的退出和会，威尔逊创立国际联盟的计划将会落空，这是他所不愿意看到的。为了实实在在的利益，威尔逊抛弃了自己之前倡导的民族自决原则，与日本做了一笔政治交易——以同意日本对山东问题的要求，来换取日本对他建立国际联盟的支持。在赤裸裸的利益面前，威尔逊没有信守承诺，"出卖"了青岛。但令他没有想到的是，他煞费苦心组建的国际联盟根本无法维持世界和平，很快就随着第二次世界大战的爆发而草草解散。

威尔逊提出的民族自决、公开外交等原则，目的是扩大美国在战后世界的影响力，从而重建以美国为首的战后国际秩序。因此，当美国的利益受到威胁时，威尔逊便毫不犹豫地背弃了对中国的承诺。这一事件使中国人民意识到，西方列强如一丘之貉，国际社会充斥着强权政治。中国人民开始觉醒，将目光从西方资产阶级制度转向了俄国的马克思主义，经过艰难探索，走上了国家独立富强的新道路。

3. 一波三折的签约

对德和约写明了由日本继承德国在山东的全部权益，却没有写入日本将会在何时将青岛交还中国。巴黎和会外交失败后，中国民众纷纷要求北洋政府拒签对德和约。那么，北洋政府又会如何抉择呢？

五四运动爆发后，北洋政府在巨大的压力下，指示陆徵祥不准在对德和约上签字。但该指示并不明确，没有指明是对和约全部内容不签字，还是仅对其中涉及山东问题的条款不签字。其实，若中国对和约全部不签字，不仅无法加入国际联盟，也将失去条约中规定的一些有利条件，如德国将归还曾掠走的中国古代天文仪器、放弃在天津和汉口的租界等。因此，陆徵祥建议中国保留签字，如此既可以争回一些权益，又能够保留山东问题，这一建议得到了北洋政府的支持。保留签字虽然可以兼顾各方面的利益，但问题是中国能不能办到？倘若保留不成，是否还要签字？实际上，这取决于当时主导着和会的英、法、美三国的态度。其中，法国反对，英国不赞成，只有美国比较支持，这对中国而言不甚乐观。五月中旬，北洋政府发生政治变动，军阀段祺瑞掌权，主张与日本直接商议山东问题。日本外相内田康哉为逼迫中国签约，立即"响应"，称日本将来会把山东归还中国。北洋政府得到日本的"保证"后，于次日指示陆徵祥，如不能保留山东问题，则在和约上签字。但出席和会的中国代表团内部对不能保留时是否要签字的问题不能达成一致，其中王正廷、顾维钧坚决主张保留不成就拒签和约。北洋政府收到这些意见后，认为中国签字与否其实都有害。若签字，中国将失去山东，若不签字，中国虽可以保留山东，但不能加入国际联盟，且无法得到对德和约中的一些有利条件，因而"两害取其轻"，决定不必保留，可直接签字。此时，五四运动正在国内如火如荼地进行，民众要求拒签对德和约的电报如雪花般飞向中国代表团。面对这滔天的压力，中国代表团提出了各种保留方案，均遭到巴黎和会的拒绝。

随着 6 月 28 日签署对德和约的日期不断临近，中国民众要求拒签的呼声也越发强烈。因此，北洋政府 6 月 26 日电令中国代表团，如不能保留则拒绝签字，以应对巨大的社会舆论压力。实际上，这是北洋政府精心设计的一个脱身之计。当时，电报由北京发往巴黎需要三至十天。也就是说，北洋政府在 26 日发出的这封电报，中国代表团最快也要在 29 日才能收到，此时早已过了对德和约的签署日期。如此一来，北洋政府既可以对民众有所交代，又可以不用承担拒签和约的责任，从而能够继续与英、法、美、日等国进行周旋。于是，签字与否的决定权实际上落在了中国代表团手上。28 日上午，中国代表团兵分两路：一路由顾维钧向和会提出中国最后的妥协方案，即在对德和约签字之前，由中国代表发表一个口头声明，要求将来在适当时机重新提议山东问题；一路由胡惟德直接将口头声明带往签约现场，一旦和会同意方案，立即发表，然后签约。但是，和会仍然拒绝。事已至此，中国代表团已没有任何妥协的理由了，代表们做出了一个具有历史意义的选择——"不往签字"。当天下午，中国代表团没有前往签约现场，事实上拒签了对德和约。当一切都已尘埃落定时，中国代表团才收到了北洋政府的电报。

中国拒签对德和约，主要是因为五四运动。五四运动是一场以一批先进青年知识分子为先锋、广大人民群众共同参与的彻底反帝反封建的伟大爱国革命运动。在这场运动中，中国各阶层人民空前地团结起来，强烈反对签约，这才是北洋政府和中国代表团决定拒签的根本原因。中国拒签对德和约，使得山东问题成为中日间的悬案，也为日后中国收回山东创造了机会。

4. 折中的华盛顿会议"边缘"谈判

1921年，美国倡导召开华盛顿会议，并邀请中日两国参加。日本为避免被会议制约，坚持在会前与中国直接交涉山东问题，以最大程度地攫取在华利益。中国深知自己国力贫弱，与日本直接交涉将丧失更多权益，便力争在华盛顿会议上讨论山东问题，以期"约束"日本，争取无条件收回山东。那么，中国能否如愿？华盛顿会议又将采取何种方式解决山东问题呢？

其实，华盛顿会议议题是山东问题能否提交会议的关键，这主要取决于英美两国的态度。英国摆出一副"事不关己"的姿态，强调山东问题是中日两国之间的事，与英国没有关系。因此，美国成为中日双方主要争取的对象。日本多次向美国明确表示，山东问题已属中日两国间的既成事实，应排除在会议之外，由双方在会议前直接解决。日本鼓动美国不将山东问题列入会议议题，同时请美国"劝告"中国迅速与日本直接解决山东问题。中国则不断要求美国扩大议题范围，希望在会议上提出山东问题。最终，美国制定的议题虽然没有明确将山东问题列入其中，但却包含"保证中国领土完整"这一原则。中国可以以山东问题抵触这一原则为由将其在会议上提出。日本自然也明白其中利害，表示将保留自由提案的权利，坚持山东问题必须由中日两国自行解决。在这种态势下，为保证会议的顺利进行，美英两国开始从中调停。

美国劝告中国，如果在会议上提出山东问题，则正好给了日本援引对德和约的机会，而英、法、意等国均已通过了对德和约。这种情况会对中国十分不利，不仅会影响山东问题的解决，而且可能导致中国在会议上的所有提案归于失败。英国也劝中国在会外与日本交涉山东问题。考虑到参加华盛顿会议的国家受到对德和约的束缚，中国提议将山东问题与其他议案一起进行讨论，但遭到了美英的拒绝。可是，中国社会舆论始终强烈反对中日直接交涉山东问题，因而英国提议，山东问题仍由中日两国协商解决，但解决办法最后提交会议通过，作为会议的一项议决案，这得到了日本的同意。中国见英、美有所让步，便提出了另一个变通办法，即中国只是形式上将山东问题提交会议，但会议可以不对其进行讨论，只需嘱咐中日两国进行直接交涉。美英不赞成，认为山东问题一旦提交会议，与会国家必定要进行了解与讨论，而且日本也肯定不会答应。无奈之下，中国只得提议，中日每次交涉时需有英美两国代表列席参加，这得到了英、美、日的赞同。最终，华盛顿会议决定在英美两国代表列席的情况下，由中日两国在会外直接交涉山东问题，并将解决办法提交会议，作为大会的一项议决案。

采取"边缘"谈判的方式来交涉山东问题，是中、日、美、英多方妥协的结果。虽然中国未能如愿地直接在会议上讨论山东问题，但"边缘"谈判实际上仍属于华盛顿会议的组成部分，为中国牵制日本、收回山东创造了条件。经过艰苦的谈判，在英美两国的调解下，中日签订了《解决山东悬案条约》，中国终于收回了青岛。

三

经济翘楚

黄渤海文化廊道南段近代以来取得的突出成就表现在它的经济发展上。独特的发展历程、不可忽视的战略地位，以及特殊的国际影响，使这里银行聚集，充满经济活力，成为东亚海域商贸往来的重要枢纽。1949 年中华人民共和国成立后，随着工商业基础日渐坚实，这里涌现出一大批行业翘楚，渔业生产成为全国标杆，纺织业和啤酒业成为行业排头兵，"南茶北引"扬名四海……从偏处一隅的滨海聚落到黄海之滨的现代化都市，青岛和日照的辉煌过往与日新月异的当下，为山东乃至近现代中国提供了一个充满活力的现代化样板。

（一）工商明珠

1. 刘子山创办东莱银行

清末民初，外资银行独霸青岛金融业。当时，青岛的华资银行仅中国银行一家，且发展状况不容乐观，日渐衰微。清末民初地理学家林传甲在《青岛游记》中曾道出当时中国银行青岛分行的发展窘况。就在华资银行生机全无之际，此时的商界翘楚的刘子山却勇立潮头，紧锣密鼓地筹建起了东莱银行，在当时外资银行垄断的局面下杀出重围，我国民族金融业崭露头角。

刘子山是山东掖县（今莱州）人，1898 年来到青岛谋生。初来乍到，刘子山靠给德国人当仆人维持生计。学会德语之后，又给德商充当翻译。在这一过程中，刘子山逐渐学到了经商的技能，并开始创业。日本侵占青岛后，刘子山通过房地产生意在商界脱颖而出，积累了丰厚的资本与人脉，人称"刘半城"。面对商业版图的扩张和财富的迅速积累，眼光独到的刘子山并未止步于此。他开始思考：如何才能妥善管理自己的巨额财富呢？将自己多年打拼获得的财富交给洋人管理，刘子山怎么都不放心。其实，他在构建自己商业帝国的过程中，就对外资银行对青岛金融业肆无忌惮的操纵有过切肤之痛。于是，他渐渐萌生出了自己创建银行的念头。

此念一出，财力雄厚又具备足够魄力的刘子山便开始了创办银行的筹备工作。他预感到这会是一次非同寻常的"博弈"，他既无半点组建银行的经验，又不了解诡谲多变的金融市场，仅仅依靠单打独斗恐怕不行。于是，他迅速将眼光锁定在了前大清银行青岛分号总办成兰圃、前山东银行副行长吕月塘等职业银行家身上。有感于刘子山对资本市场的洞察力和超凡的魄力，他们纷纷加入筹办银行的队伍，成为日后组建东莱银行的骨干。

刘子山绝非循规蹈矩的守旧之人，他还积极聘用外籍银行家充当顾问。在与洋人的交流中，刘子山等人充分了解了外资银行的运作经验，极大地开拓了自己的眼界。

1918 年 2 月 1 日，刘子山与成兰圃、吕月塘共同出资二十万银圆，正式组建东莱银行，由成兰圃担任总经理，刘子山任董事长。在时局动荡、外资银行垄断青岛金融业的局势下，刘子山这一行为无异于赌博，东莱银行究竟是会使他财富翻倍的机遇，还是会令他倾家荡产的风险，此时无人能够回答。

创办伊始，银行经理们兢兢业业地投入到了东莱银行新业务的开拓上。刘子山等人以极度包容的姿态，充分借鉴外资银行的运作机制，开办了存款、放款、货物抵押、汇兑等业务。经过一番经营，东莱银行生机勃勃，已经具备了现代金融机构的雏形。

如初升之日的东莱银行很快就进行了扩张。青岛分行仅成立一月，刘子山便大刀阔斧地在济南成立了东莱银行分行。到 1923 年，东莱银行改组为股份有限公司，资本增至三百万元，可谓蒸蒸日上。

面对异军突起的东莱银行，长期垄断青岛金融业的外资银行自然不会善罢甘休。以日本为首的外资银行很快就对东莱银行进行了打压。东莱银行成立仅两个月，日本就针对东莱银行规定，各银行每半年必须通过青岛民政署向日本守备军司令部提交年度营业报告，企图以此牵制东莱银行。

面对外资银行的打击，现代化的管理模式与职员们的用心经营使东莱银行展现出了旺盛的生命力。至 1919 年，开业仅一年的东莱银行已收足本金二十万元，于上海、天津、大连、烟台等地均办理存贷业务，并经营外国货币和有价证券的兑换业务。银行内存款高达二百五十万元以上，银两及金票存款合计三百万元。

不过，由于外资银行势力过于强大，东莱银行开办后，常受到外资银行的排挤，业务经营举步维艰，难以完全冲破外资银行的经济垄断。但作为青岛民族资本商业银行的开端，东莱银行打破了德国、日本等外资银行当时一家独大的局面，促进了青岛民族工商业的发展，在青岛金融史上具有重要意义。

2. 丁惟溪创建汇昌银号

走进日照东港区涛雒三村，沿仿古街缓缓而行，会发现一座建于民国初年的石楼。房屋因风雨侵蚀褪去了昔日的色彩，只留下斑驳的墙壁和老旧不堪的窗棂，这就是丁惟溪创建的日照第一家私营银行——汇昌银号的旧址。如今的汇昌银号再也没有了当年门庭若市的繁盛景象，低矮残破的建筑已完全湮没于现代民居之中，鲜有人问津。然而，正是这座饱经沧桑的石楼，却定格了涛雒那段金融发展史。

汇昌银号创建人丁惟溪是涛雒西官庄人，字廉泉。他出生于显赫的涛雒丁氏家族，是中国同盟会创始人之一、国民党元老丁惟汾的堂弟。丁惟溪的父亲丁以云在涛雒广记商号做店员期间，曾被派至上海。除承担广记商号的采购业务外，还为上海的一些商号推销货物，日照的土特产、上海的商品多经他组织流通于两地之间。这一职务使丁以云获取了丰厚的收益，渐渐成为当地颇有家资的富户。丁惟溪受父亲影响，在耳濡目染之中开阔了眼界，习得了经商的才能。清末民初，涛雒镇充分利用便利的海陆交通条件，商业发展如日中天。镇上商铺遍布，熙熙攘攘的人流、各式各样的商品在这里汇集。商业的繁荣自然离不开资本的投入，头脑灵活的丁惟溪很快就钻研起了放钱业务，开始面向本村经营放钱，大受欢迎，在当地颇有声望。

放钱业务日益兴盛之际，丁惟溪妻子的哥哥郑全璧回乡探亲，此时他正在东莱银行担任刘子山的秘书。在了解到丁惟溪的放钱业务后，他敏锐地意识到此时应该抓住发展机遇，趁机扩大经营规模。他向丁惟溪详细介绍了银行的组织形式和管理模式，鼓励丁惟溪也成立类似于银行的机构。在听到郑全璧有关银行的介绍后，丁惟溪不禁眼前一亮。原来，随着业务范围的扩大，仅凭他在家中经营已渐渐不能满足业务发展的需要，成立专营机构、扩大经营规模势在必行，而郑全璧关于银行的说法令他耳目一新。他决心开办一个类似于银行的机构，扩大自己的放钱业务。

丁惟溪立即行动起来。他东奔西走，联系亲友与当地铺号集股入资，并全面采纳了郑全璧银行组织管理、会计制度、账簿设置等方面的建议。1920年，丁惟溪、郑全璧等人共同出资，租赁东门里"三槐堂"作为营业地点，取名"汇昌银号"，日照第一家私营银行正式成立了。与一般票号不同的是，汇昌银号完全复制了东莱银行的组织形式。银号中设置董事会，选举出董事十余人，下设总会计、副会计、总务会计、收账员等若干职位，主要经营放贷、存钱和出票子三项业务。银号成立以后，因其管理模式先进，且有着"诚信经营、迅速不误、严格保密、多少不限"的良好信誉，很受涛雒商户欢迎，业务范围迅速扩大。

因感到银号选址较为偏僻，场地比较狭窄，经营多有不便，1924年，丁惟溪在未征得董事会同意的情况下，私自动用股金六千多银圆，在商号较为集中的地带建了一座石楼。该建筑以石料砌墙、钢筋混凝土浇灌，门头有丁惟枞题写的"汇昌银号"四个大字，极为坚固气派，但因资金不足，石楼仅建成一层。此后，汇昌银号虽迁至新址办公，但发展势头却远不如前。董事会内部因不满盖楼使用资金过多纷纷撤股，导致银号经营资本大幅减少，而放出的钱因尚未到期也不能立即收回，汇昌银号的日常经营很快就出现了困难。1927年，万般无奈之下，汇昌银号被迫挂出了"歇业归帐"的牌子，日照第一家私营银行就此衰落了。

3. 创建青岛市物品证券交易所

作为民国时期青岛市市长中任期最长的一位，沈鸿烈对青岛的城市建设和工商业发展做出了不小的贡献。他联合青岛商会建立青岛市证券交易所，与日本人展开"金融战"的故事，至今仍为人津津乐道。

日本殖民青岛时期，为加快资源掠夺，攫取在华利益，于1920年2月成立青岛取引所。同年8月5日，又由日商和华商共同投资成立青岛交易信托株式会社，负责青岛取引所的日常经营,办理交割、担保及垫款业务。日本人峰村正三任理事长,华人徐青甫任副理事长,设立了物产部、钱钞部、证券部。物产交易以花生米、花生油、豆油为主,银钞交易以正金银行所发行钱票为主,证券交易均为青岛日商企业发行的股票。1921年,日本大阪财团代表松井伊助来到青岛,在日本官方的操纵下,取代峰村正三成为青岛取引所株式会社的理事长,阴谋策动夺取华商的股份,使经营权和话语权完全掌握在日本人之手。还与日本的投机商人相互配合,大肆抬高取引所股价,引得中国商民纷纷在此购买股票,甚至还吸引了许多外地商民赶来青岛投资。1922年9月,日本的"骗局"被揭开,股价暴跌。据统计,这次股灾给华商带来直接损失三百五十多万元,间接损失更是不计其数,甚至当时的青岛首富刘子山也在这次股灾中损失了上百万元,其控股的东莱银行险些破产,给青岛商民带来的灾难可见一斑。

面对日本人投机的嚣张气焰和对青岛商民的经济剥削,时任青岛市市长沈鸿烈认识到了中国商民的被动地位,暗下决心要改变受制于人的现状。1931年,恰逢九一八事变爆发,青岛的爱国工商业者纷纷罢市,抵制日本取引所,拒绝在此进行交易。沈鸿烈发现时机已到,便暗中联合当时的青岛商会会长宋雨亭,于1931年8月筹备成立了青岛市物品证券交易所,与日本商人对抗。交易所开张之后,华商代表欢呼雀跃、踊跃支持,业务日渐兴隆;而由日本人经营的青岛取引所,则受到了中国商民的联合抵制,经营额急剧下降。日本人不甘心就此作罢,于是采取了卑鄙无耻的手段,多次派人袭击到交易所进行交易的各商号代表。面对日本人频繁寻衅滋事，交易所筹备处决定将土产交易转移到北京路同丰益土产代理店，纱布交易转移到河北路同兴昌纱布代理店。河北路、北京路是当时中国商民聚居的闹市区，较为繁华，日本人不敢公开来此捣乱破坏，交易所这才逐渐恢复了正常的交易秩序。

就这样，在沈鸿烈的支持和青岛商会的努力下，青岛市物品证券交易所取得了能够与日本取引所相抗衡的地位，打击了日本对青岛的经济侵略，推动了青岛商业的繁荣。

4. 周志俊考察欧美振华新

周志俊是清末山东巡抚周馥之孙、民国初年两任财政总长周学熙次子。他怀着实业救国的志向，在主持青岛华新纱厂厂务期间，积极转变经营理念，环游欧洲寻访先进技术，吸收国外技术成果，冲破了日本纱厂的重重包围，将青岛华新纱厂发展壮大。

1913 年，周志俊的父亲周学熙买下了德华缫丝厂。此时周志俊对创办实业产生了浓厚的兴趣，于是积极协助父亲，试图将经营失败的缫丝厂改建为棉纺厂。周学熙从德商瑞记洋行订购了英国爱色利斯纺纱机五千锭，但货物还没有到，日德青岛之战就爆发了。周学熙一家前往天津避难，厂房被英商和记洋行强占，用于招募华工，种种办厂事宜便暂时被搁置了起来。第一次世界大战结束后，青岛仍被日本人盘踞，日商盯上了青岛优越的交通条件与山东产棉大省的地位，妄图垄断青岛，

周志俊（青岛市档案馆供图）

乃至整个山东的纺织业。日本人对华新纱厂百般打压，导致办厂事宜一拖再拖，直至1919年年底才勉强招募学徒开工。糟糕的是，在1916至1926年间，日本人接连建立了内外棉纱厂、大康纱厂、隆兴纱厂、富士纱厂、公大纱厂、宝来纱厂等九个日资纱厂，从创建之初就历经挫折的华新纱厂面临着"以一敌九"的局面，生存和经营环境十分恶劣。

在重重危机之下，周志俊从父亲手中接过了华新纱厂的经营权，面对日资纱厂的重重包围和多次挑衅，华新纱厂举步维艰。1925年，华新纱厂竟一度到了亏损停产的境地。为挽救企业，1933年，周志俊从上海出发，出国考察了八个月，足迹遍至英、美、德、法、瑞等多个国家，考察了欧洲一百余家纺织厂，还将其所见所闻、心得体会写成了《瀛寰小记》一书。他还前往美国参加了芝加哥世博会，又将参加世博会的经历与感想写成了《芝博琐言》一书。这次欧美之行极大地开阔了周志俊的视野，回国后他为华新纱厂引进了精梳烧毛机、丝光轧光机、刮绒机等国外先进设备，其中有些设备是当时的日商纱厂也没有的。之后，他又兴办了织布厂，实现纺、织连锁，互相补充。周志俊还提倡棉花种植，创办了轧花厂，改良了斯字美种棉，颇见成效。1936年夏，周志俊又组织筹办了漂染印花厂，使植棉、纺纱、织布、漂染、印花、整理全面一体化，拥有了纺织印染的全能工厂。同时，他还参照欧洲的经营模式，对纱厂的经营策略、纺织技术、福利制度等进行了卓有成效的改革。经过周志俊的努力，青岛华新纱厂迅速成为国内纺织业的龙头，并有效打击了日商纱厂在青岛的经济掠夺。

5. 宋雨亭主持商会争渔权

在电视剧《青岛往事》中，王满仓是一个在别人看来有一些呆笨的人物。但在当时日本侵略中国的社会背景下，他却能脚踏实地，始终怀揣着一颗单纯的爱国之心，最终成长为富有商业韬略的实业家。因此，王满仓这一角色也被人们称为"中国的阿甘"。而王满仓的人物原型，正是青岛大名鼎鼎的华商宋雨亭。

宋雨亭是山东掖县（今莱州）人，他十三岁时离开家乡，只身前往青岛求学。毕业后，在其四叔的店里学习经商，为了方便与外国商人沟通，他刻苦钻研英语和德语，逐渐习得了一口流利的外语。1903年，他成为"瑞记"商号的经理，凭借自身的勤奋与多年经商的人脉，逐渐展露出了出色的经商才能，很快就在青岛工商业界赢得了一席之地。1927年12月，宋雨亭被选为青岛市总商会会长，此后，宋雨亭连续十二年担任商会会长，主持青岛商会工作。在此期间，他呕心沥血，集合多方力量，发动青岛工商业界积极抵御帝国主义对华的经济侵略，促进了青岛商业的稳步发展。其中特别值得称道的是他主持青岛商会期间筹资成立青岛渔业股份有限公司，与日本人争夺渔业主权的故事。

日本占据青岛以后，有很多日本人麇集在此捕鱼。1916年，青岛水产组合成立，日军司令部颁定了《青岛水产组合规则》。借助水产组合这一渔业组织，青岛成为日本在华侵渔根据地。为控制和垄断青岛渔业，日军颁布了渔业取缔政策，规定凡在青岛沿海经营渔业的青岛渔民，必须向日本当局提出申请，得到许可后才能领取执照开始经营。在日方的控制下，青岛渔民的生计异常艰难。1922年中国政府收回青岛后，为保护本国渔民利益、抵制日本渔业势力，青岛商民曾另行组织水产公会，但有名无实，未起作用。1929年青岛特别市成立后，虽与日方进行了非正式交涉，但日本人以既得权益为借口，强调须双方谋适当清厘之法，也未获切实进展。

青岛渔业严峻的发展形势和青岛渔民穷困潦倒的生活，使宋雨亭忧心忡忡，试图寻找挽救青岛渔业资源和收回渔业主权的有效措施。时值南京国民政府财政部下令取缔外国渔轮侵略，青岛市政府也积极协助，要求凡充任日本水产组合的中国经纪人全部退出，并对日本鱼贩间接施以取缔。1931年5月，宋雨亭筹资成立了青岛渔业股份有限公司，购置了"永安""久安"两艘渔轮，采用现代化捕鱼技术，建立现代渔业管理体制，力图改变青岛渔民原始落后的捕捞方式。宋雨亭力争渔权的努力使青岛渔业一定程度上摆脱了日本水产组合的挟制。1932年，经青岛市社会局转报实业部核准登记的渔轮有77艘，捕鱼海区跨越黄渤两海。1936 年，青岛港有中国渔轮 68 艘，居山东首位。

6. 贺仁菴经营长记行

在日照石臼街道观海社区和顺达社区之间，有一排古朴的黑瓦砖墙平房，这就是日照籍实业家、"华北船王"贺仁菴于1930 年建造的长记轮船行仓库。贺仁菴于此处发迹，走出日照，使"华北船王"的名号响彻大江南北。

1887 年冬，贺仁菴出生于日照石臼所南门里南北大街路西祖宅。其父亲贺仲吾是石臼所有名的富商，殷实的家境使贺仁菴从小就接受了良好的教育，他自幼进入私塾，饱读四书五经，受到了良好的传统文化熏陶。十六岁时，他进入由德国人卫礼贤创办的礼贤书院就读，西方的文化知识使少年时期的贺仁菴受到了极大的思想震荡。在中西方文化的双重浸润下，贺仁菴视野辽阔，行事不拘一格。十八岁从礼贤中学毕业以后，他进入父亲开办的福春行学习经商，主要经营大宗粮食、油料等。据贺仁菴女儿贺郁芬回忆，当时的福春行拥有三艘五桅大帆船，其中以"福永茂"最大，载重约 136 吨，是当年长江以北最大的一艘风船，被称为"江北第一桅"。贺仁菴二十四岁时，从父亲手中接过了福春行大掌柜的职务，开始频繁来往于大连、青岛、上海等地。贺仁菴待人真诚热心，南来北往间，渐渐积累了良好的口碑，福春行在他的经营之下欣欣向荣。

贺仁菴并未以此沾沾自喜，他的脚步也绝不会仅仅停留在日照，少年时期的西式教育在此时发挥了重要作用。他审时度势，注意到了使欧洲社会发生巨变的蒸汽机，认为福春行的帆船运输已经落后于世界发展大势，此刻是发展轮船运输的绝佳时机。因而，贺仁菴做出了令周围人十分不解的决定——1925年春，他利用在福春行担任大掌柜期间攒下的六千余银圆，在石臼所南门里租赁了一处院落，取名"长记行"，开始自己创业。

长记行创办初期，贺仁菴亲自担任大掌柜。但自立门户谈何容易，营业第一年，长记行主要出售从江南运回的茶叶、花签纸、大米、洋布等日常生活用品，然而这一年正逢鲁南大旱，百姓除购买粮食勉强果腹外，根本无力购买其他日用品，故经营并不理想。

1926年春，创业受挫的贺仁菴打算前往大连碰碰运气。在与粮商的交谈中，他发现东北地区的高粱因丰收导致价格下跌，面临滞销。看着一筹莫展的东北粮商，又想起食不果腹的日照百姓，他仿佛看到了一线商机。

此时大连的高粱每吨价格已跌至八元五角，而日照高粱的价格为每吨二十八银圆。看到两地高粱的价格如此悬殊，聪明的贺仁菴在大连港租赁了一艘载货800吨的客货轮，每月租金为1333元。当时贺仁菴身上仅有3000银钞，他随即找到几位粮商，表示愿意以每吨13元5角的价格购买500吨高粱，但要求粮商能以延期15天的银票作为担保。同时，他还要求高粱必须以每个麻袋一百公斤的规格重新包装，且误差不能超过百分之一。这样高粱运回日照后不必过磅即可迅速销货，可在四五个月内销售完毕。

已与贺仁菴打过数十年交道的粮商们在听到他的要求后，一致认为贺仁菴待人诚实，是可以信赖的，况且这确实是出售将滞销高粱的好办法。于是，粮商们同意了贺仁菴的条件。

万事俱备，贺仁菴立即联系日照长记行，并向日照县府表示：长记行愿意拿在大连购入的高粱，以每吨14元5角在日照作为"平粜"粮食出售（包括大连运至石臼所，每吨1元的运费），只批发，不零售。所谓"平粜"，是指官府在荒年将所存粮食平价出售。而此时贺仁菴仅将从大连买来的高粱加上运费出售，不另加利润，因此县府十分支持此事，并立刻贴出了告示。告示一出，成为日照县城轰动一时的新闻，长记行的名号也在百姓中打响了。

当然，贺仁菴此举并非单单为做慈善。既然他不在粮食上赚钱，那如何获取利润呢？贺仁菴早有妙计。他租赁的客货轮除能将大连粮食运往日照外，回程时还可载运几百名"闯关东"的旅客。当时由日照到青岛的船票价格为1元2角，由青岛到大连船票价格为4元8角，一个人全程船票为6元。若每月往返三四趟，载客利润十分可观。

就这样，当贺仁菴到达石臼所时，岸上早已挤满了前来购买粮食的百姓。船一靠岸，购粮的人们便一拥而上。早已装好的粮包很快就被抢空，返航的客货轮又能载着四百余名旅客前往大连。同时，随着贺仁菴"平粜粮食"的名气越来越响，江苏等地的商人也来石臼所买粮，来自临沂、江苏等地想要闯关东的旅客也赶来石臼所乘船。四面八方涌入石臼所的商人和旅客促进了当地商贸的繁荣，日照地区的百姓也靠着长记行的高粱度过了艰难的粮荒时期，而贺仁菴也靠自己的聪明才智赚取了十万大洋。紧接着他又将长记行的规模扩大，并改名为"长记轮船行"，开始正式经营海上客货运输业，为以后成为"华北船王"奠定了基础。

（二）翘楚引领

1. 柴立清捕鱼掌舵"英雄"

日照岚山头南临中国八大渔场之一海州湾，海岸线长约5.5公里，自古鱼类资源丰富，渔业历史悠久。出生于岚山头官草汪村的柴立清，自幼家庭贫寒，十七岁便跟随父亲一起出海，学习捕鱼。他勤学好思、善于观察，不久便掌握了海州湾一带的潮汐、汛情及鱼类活动规律等，成为当地的捕鱼能手。二十二岁时，他自立门户，当上了船老大。

民国时期，日本侵渔势力猖獗，经常出现在岚山头附近的海面上抢劫渔船、欺压渔民。据记载，从青岛到海州临洪口之间的海面上，素来是产鱼丰富的地区。日本渔船多次肆无忌惮地来到这片海域掠夺渔业资源，还用兵舰率领千余只渔船来此捕鱼。这艘兵舰来回巡视，保护日本渔船，甚至禁止我国渔船捕鱼，十分嚣张。更加过分的是，日本不仅掠夺我国渔业资源，还仗着船只坚固，在海面上横冲直撞，造成我国渔民船毁人亡。

当地渔民饱受磨难，叫苦不迭。

抗日战争时期，为减轻损失，对海州湾海域状况了如指掌的柴立清凭借积累多年的海上经验，带领船员机智勇敢地与敌人周旋。面对日本侵略者蛮横无理的行为，柴立清勇敢地维护着渔民的利益。1940年的一天，勤劳的渔民们像往常一样正要拉起满载希望的渔网。突然，一艘日本快艇闯入海州湾，拦住了正在收网的渔船，残暴地抢夺渔民辛苦打捞上来的鲜鱼。面对此种恶劣行径，柴立清忍无可忍，直接将一个正搬着一箱鱼的日本兵拦腰抱起，狠狠地摔到甲板上。柴立清的举动让日本兵见识到了中国渔民坚毅与勇敢的一面，挫伤了他们的嚣张气焰。

中华人民共和国成立后，渔业生产合作社成为群众进行渔业生产的主要方式。柴立清以敏锐的眼光，作为船长带头在安岚区搞起了渔业生产合作。他深知，前辈渔民们经过多年的海上作业辛苦总结出的经验非常可贵，于是一有空儿便认真钻研、虚心学习，积累了丰富的捕鱼经验。当时政府为提高渔业产量，提倡打破传统的日出而作、日落而息的渔业生产模式。柴立清便带领大家早拉渔网、晚收网，改变了黑夜不捕鱼的习惯，充分利用时间进行捕捞。但尽管抓住了时间，当时整个岚山头地区用的仍旧是传统的捕鱼方式。仅仅依靠几十条破旧木帆船在近海进行捕鱼作业，产量仍然不高。1955年，为进一步解决产量问题，柴立清想出了自主制造机帆船的新法子。在当时物资匮乏的条件下，渔民们缺乏造船经验不说，能凑齐零件都十分不易。尽管条件艰苦，但他仍斗志满满，坚信可以靠大家齐心协力改善捕捞条件。在他的动员和坚持下，渔民、铁匠、木匠都来为打造机帆船贡献自己的智慧与力量，终于造出了岚山头第一艘机帆船。在岚山头众人的殷切期望中，机帆船下水试验成功，大家齐声欢呼，迎来了捕鱼作业新时代。有了机帆船，渔民们干得热火朝天，柴立清也丝毫不松懈，平均每年出海二百五十天左右。只要捕鱼量降低了，他便亲自上阵，大伙都说："柴立清船长指哪儿捕哪儿，鱼一打一个准。"

在柴立清的带领下，合作社获得渔业大丰收，曾创下全省第一的捕鱼成绩。1958年，柴立清掌舵的船被日照县委命名为"英雄船"。1959年9月，柴立清获全国劳动模范称号，成为全国渔业生产者学习的榜样。

2. "郝建秀工作法"推行全国

纺织业被誉为青岛市的"母亲工业"，据说十个青岛人中就有八个与纺织行业有关联。在浩荡的纺织大军中，有这样一位工人，她的工作方法改变了全国纺织业，甚至影响了中华人民共和国成立初期的各行各业，对当时国民经济的发展甚至抗美援朝战争的胜利具有不可估量的意义。而她也成为那个时代一心一意报效国家的建设者的缩影。她是郝建秀，是新中国纺织战线上一名普普通通的劳动者。

1935年，郝建秀出生于青岛的一户贫民家庭。在那个战火纷飞的年代，她们一家吃不饱也穿不暖。为了减轻家里的负担，三年级的她被迫辍学，靠挖野菜、捡煤渣补贴家用。青岛解放后，为了尽快恢复生产，各纺织厂不限年龄进行招工。十三岁的郝建秀想着挣钱养家就报了名，被分到青岛国棉六厂。入厂后，郝建秀参与了党、团组织的教育培训，得知新中国由人民当家做主的消息，她激动不已，决心好好工作，为祖国的建设出一份力。然而，对于年少的郝建秀来说，纺织并不是一件容易的事。她不是把线头接错，就是被线割得鲜血淋漓。懂得感恩的郝建秀十分珍惜工作机会，她开始拼命练习：在厂里，她用空闲时间练；在家里，她用妈妈缝衣服的线接着练。三个月后，郝建秀成功转为正式工，成为新中国第一代纺织工人。

在即将单独值车的前一夜，郝建秀激动得几乎彻夜未眠。第二天，她早早到了工厂，没想到由于一位工人临时请假，她被分配了超出平时很多的工作量——足足三百锭纱！郝建秀有些慌乱，她来回小跑着操作，不久便满身是汗。大抵是因为前一晚没睡着，她忽然感到一阵眩晕，咬牙清醒过来后，纱线头已经断得卷在了一起，打成大大的一团。这次事故让郝建秀大受打击，她在回家路上痛哭起来，十分自责。她哽咽着对姑姑说："我不想拖集体后腿，一定要把技术搞上去！"

重整心绪的郝建秀再次投入纺织生产中，不久，她注意到了纺织生产中的一个"小问题"。当时，给棉线接线头是件技术活，一旦接不好，棉线就会变得疙疙瘩瘩，产生一种废料"白花"，一两"白花"的价格相当于三碗米饭，纺纱时产生的"白花"越多，就意味着纱线产量越低和更多的浪费。一天，工厂接到任务要加急生产纱线，郝建秀忙得忘记了"白花"的清洁工作，结果"白花"所到之处棉线断头越来越多，她注意到了这一现象，并记在心中。下班后，郝建秀留在工厂中思索，断线头是不是和"白花"有关呢？于是她开始实验，并证实了这一点。接下来郝建秀开始注重"白花"的清理，棉线浪费的情况越来越少。取得成效后，郝建秀开始明白并不是闷头工作就能把生产搞好，而是要多多思考，寻找问题并努力解决，这样才能提高生产效率。此后，她每天下班后都会在纸板上涂涂画画，记录和反省自己的不足，总结经验和教训。她还向厂里有经验的老工人认真求教，一边动手实践，一边思考是否可以改进的地方。有了新想法后，再去工厂里实践，如此反复。就这样，郝建秀在纺纱的问题上不断摸索，总结出如纱线绕几圈效率最高、绕几圈容易断头等实干经验，大大提高了纺纱的质量和效率。

1950 年，青岛纺织业开展了以增产节约为主要内容的"红五月"纺织生产劳动竞赛活动，各纺织厂开始进行按人对值车工产生的"白花"过磅的逐月记录。竞赛期间，郝建秀以优异的成绩崭露头角，连续七个月的平均出"白花"率仅为 0.25%。要知道，那时全国平均出"白花"率高达 1.5%。这个突破性的数字立刻引来了厂内领导的关注，厂内立即成立专门小组对郝建秀的工作方法进行研究，并得出一套"细纱工作法"。这一工作法以星火燎原之势在青岛各纺纱厂推广开来，使纺纱业的生产质量和效率得到了极大的提高，同时也大大带动了工人们探索规律的热情。

1951 年，郝建秀的事迹引起中国纺织工会的高度重视，多方部门联合组成郝建秀工作法研究委员会，对她的工作方法进行研究与总结。在郝建秀的配合与奉献下，经过十余名专家和技术人员的共同努力，少出"白花"的秘密终于展露在世人面前。时任中国纺织工会主席陈立敏在会议中说道："一定要认真学习、推广郝建秀工作法……如果全国细纱工人的皮辊花水平都和郝建秀一样，一年可多产 44 460 件纱……"不久，在全国纺织系统大会上，该方法被正式命名为"郝建秀工作法"，并向全国推广。从 1951 年 10 月开始，到接下来的两个月时间里，《人民日报》几乎每天都有关于"郝建秀工作法"的报道。

这让郝建秀觉得肩上的担子更重了，她开始以实际行动投入推广工作法的工作之中。她首先向同小组的工人认真细致地分享经验，不久后，全小组的出"白花"率降到了 0.28%。看到成绩后，中国纺织工会组织了郝建秀小组竞赛，得到全国

周恩来总理为郝建秀签名留念（青岛市档案馆供图）

四百多个企业的响应，"郝建秀工作法"正式走进全国各地的一个个纺织工厂中。不仅如此，作为全国工业与交通运输系统出现的第一个科学工作法，"郝建秀工作法"更是掀起了在全国范围内总结"工作法"的浪潮，并从纺织业扩展到其他各行各业。

"郝建秀工作法"是新中国成立初期各行各业如火如荼搞生产壮丽场面的历史缩影，是青岛的骄傲。有人说，郝建秀是青岛纺织业的"火车头"，以一己之力引领青岛，乃至全国纺织业走进了高质、高效、低损的新时代。可郝建秀自己却说，她只是新中国纺织战线上一个普普通通的劳动者。

3. 朱梅领编《青岛啤酒操作法》

有人说，青岛的浪漫源于两种泡沫，一种是海上浪花翩翩起舞时卷起的泡沫，一种是琥珀色的啤酒上落雪一般静谧的泡沫。前一种是大自然对人类的馈赠，后一种则是青岛这座城市给全世界的礼物——青岛啤酒。从青岛出发，到全国各地，再到世界各国，青岛啤酒的泡沫已经飘向了全球的每一个角落。然而，谁会知道，这弥漫着浓郁麦芽香气、带动着中国啤酒工业的迅速发展的青岛啤酒之所以能走出青岛、走向世界，要得益于一本"小书"——《青岛啤酒操作法》呢？这还要从中国现代酿酒工业的奠基人之一朱梅的故事说起。

1947年，在比利时国立酿造学院、法国巴斯德学院专攻酿酒学的酿酒专家朱梅被聘为青岛啤酒厂经理兼厂长，助力青岛啤酒的推广和酿制技术的更新。来到青岛后，朱梅为青岛秀丽宜人的景色深深着迷，也为青岛啤酒独特的口感、香气所陶醉。上任之后，朱梅没有立即进行改革，而是细致考察、研究了青岛啤酒的原料、酿造工艺和流程。他惊讶地发现，虽然青岛啤酒品质很高，但是酿造工艺却有些落后。于是他结合出国所学和当时啤酒厂的具体条件进行研究，废寝忘食，连续攻克了一连串的技术问题，成功更新了青岛啤酒的酿造工艺。在朱梅和其他工作人员的努力下，青岛啤酒重新焕发生机，除销往华北、上海外，还走出国门，销售到新加坡等国家，深受当地居民的喜爱。

1949 年中华人民共和国成立后，朱梅被调到国家轻工业部主管酒类生产。虽然到了新岗位，但朱梅对青岛啤酒念念不忘，撰写文章高度赞扬和肯定了青岛啤酒。1963 年，第二届全国评酒会在北京召开，由于品质高、酿制技术先进，加上朱梅的大力推荐，青岛啤酒成为唯一被评为国家名酒的啤酒品牌，并荣获国家轻工业部颁发的金质奖章。为了让中国啤酒业更上一层楼，朱梅在 1964 年全国第五次酿酒会议上提出"啤酒行业学青岛"的口号，号召全国啤酒厂学习青岛啤酒的酿制方法。在朱梅的主导下，轻工业部决定组织力量对青岛啤酒的酿制工艺和操作法进行写实和学习。青岛啤酒厂得知国家要组织学习自己的酿制方法后，并没有为了商业的"小利"而保留酿制啤酒的机密，反而积极提供一切便利条件，热情接待自己的"商业对手"，并派员工进行现场指导和教学。

青岛啤酒厂的倾情付出，加上朱梅的用心指导，写实小组

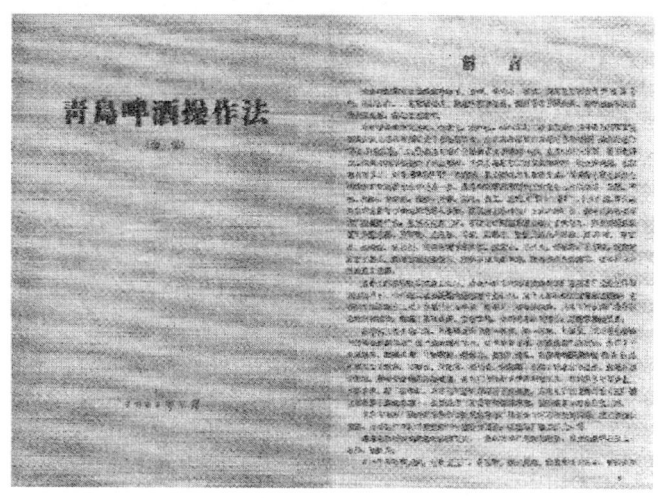

《青岛啤酒操作法》（1964）（青岛市档案馆供图）

夜以继日，历时四十三天完成了《青岛啤酒操作法》的初稿。为了保证细节的准确性，写实小组在初稿完成后请青岛啤酒厂的技术人员和老工人提意见，接到反馈后又进行讨论修改，如此反复三次，《青岛啤酒操作法》诞生了。这本操作法一经发行就得到了国家高度重视，升格成为中国啤酒的第一部行业标准，并由国家工业部向全国推广。可以说，青岛啤酒是新中国啤酒的传道者，其酿制技术的推广，使全国啤酒质量上了一个台阶，对中国啤酒业的发展起到了不可估量的作用。而青岛啤酒这一品牌也因其广博的胸襟、毫无保留的奉献和极高的品质追求，成为中国啤酒行业的领头者。

　　一瓶啤酒就是一本打开的书。一个世纪的流变中，青岛啤酒在传统与现代、本土与异质、爱国与崇洋的冲突与融合中被反复塑造。谷物、水和酒花，看起来简单得惊人，但一经酵母转化，却能带给我们一系列令人眼花缭乱的丰富感受。那琥珀色的液体中所包含的，是历史、思想、感觉和故事，从舶来品到国货，从奢侈品到大众饮料，在狂欢与日常中，青岛啤酒渐渐改变了一座城市的文化习俗与社会环境。那么，当泛着洁白泡沫的琥珀色液体顺着晶莹的酒杯缓缓淌入口中，在清爽缤纷的回味中，你所能体味的，除了激情与梦想，还有什么呢？

4. "南茶北引"

茶圣陆羽《茶经》中有云："茶者，南方之嘉木也。"自古以来，茶叶多产自气候温暖湿润的南方地区，北方大部分地区的气候和环境并不适合茶树生长。山东是我国茶叶消费大省，新中国成立后的很长一段时间，虽然国家每年从南方调拨四万多担茶叶，但仍满足不了山东人民的饮茶需求。如今，以崂山、日照等品牌为代表的山东绿茶享誉全国，蜚声海外，改写了长期以来"北方无茶"的局面。那么，茶树种植究竟是如何由南到北的呢？这要从"南茶北引"工程说起。

1954年，时任浙江省委副书记的谭启龙在调往山东工作前，曾被毛泽东主席提示把南方的茶引到山东去，并建议山东在山上多种些茶。正式担任山东省委书记后，谭启龙根据毛泽东主席的提议和对山东茶叶供求矛盾的现实考量，提出了"山东茶叶供应不能全靠国家，要想办法自力更生"的意见。在他的大力倡导下，山东开始了曲折壮阔的"南茶北引"工程。

1956年秋，谭启龙率先提议在青岛、日照、临沂三地开展茶树试种工作。在他的安排下，山东从安徽黄山购进茶苗五千株。但现实却给了谭启龙当头一击,这五千株茶苗大部分在运输途中被冻坏,第一次试种就这样宣告失败。到了第二年春天,又在青岛中山公园试种茶苗四千株,但仍没有成活。直到1959年,日照莒县中楼公社大陈军子苗圃用五十公斤种子育苗,试种了二亩茶树。人们欣喜地发现,这次引种的树苗存活了。不幸的是,几十年不遇的寒潮突袭,又将大批茶苗冻死了。1961年初,日照县林业局又从福建、浙江引进茶籽,相继在大沙洼林场、马庄公挪庄生产队、国营刘家湾苗圃试种,均以失败告终。

1965年谭启龙在青岛考察期间,惊奇地发现中山公园路两旁被当作绿化植被的九棵茶树竟然存活了。他极为兴奋地采下茶树上的嫩芽,心里又重新燃起了"南茶北引"的希望。看来山东并非不可产茶,只是方法尚不得当。

1966年,在谭启龙的多次倡导下,山东省人民政府和省直有关部门重新启动了"南茶北引"工程。山东省政府决定将以日照、五莲为中心的东南沿海地区,以乳山、荣成为中心的半岛地区和以蒙阴、沂源为中心的鲁中南地区作为茶叶的主要试种区,开展了大规模的茶叶引种试验。

在日照县委动员群众种茶期间,一些群众认为北方天气寒冷,茶树根本不能存活;种茶还会耽误庄稼种植,即使成功,若指望依靠茶树来赚钱,也是遥遥无期。因而,部分群众对于茶树种植存有抵触情绪,茶树试种面临着极大的阻力。面对部分干部与群众的顾虑和恐慌,日照县组织召开了种茶动员大会,培养了一批种茶队伍,积极开辟荒山,建成了大批茶园。同时,以会议、广播、自编采茶舞等形式，宣传茶叶种植在解决国内茶叶供应和出口方面的重要性。渐渐地，农民对于茶叶种植有了全面的了解，不再抵触了。

在积极动员群众的同时，日照也积极推动茶树种植技术的革新。"南茶北引"要取得成功，关键是要解决茶树冻害的问题。为此，当地茶农、中国农业科学院茶叶研究所的专家们不屈不挠，协同攻关，采用搭防风障、围帐、蓬面撒草、地面铺草等措施，逐渐解决了茶树的冻害问题。与此同时，对南方的茶树种植方法进行改良，推广应用了"区田低沟浅播"的双行播种技术；采用插遮阴枝、在茶园间种玉米等作物的方式来抗旱保苗……经过一系列技术经验的积累，1966年后，日照茶树种植面积开始迅速扩张。到1968年，日照茶叶产量达到725公斤。山东终于实现了自己产茶，"南茶北引"取得了巨大成功。同时，因日照濒临黄海，空气湿度高于内陆地区，且纬度较高，昼夜温差大，越冬期长，有利于茶叶内含物的积累。这些条件使日照绿茶相较于南方绿茶，具有了叶片厚、滋味浓、香气高、耐冲泡的独特品质，其优良品质也使日照成为"世界三大海岸绿茶城市"之一。

春芽吐新绿，清气满人间。自"南茶北引"推行以来，茶叶在山东从无到有、从小到大、从弱到强，以日照、崂山为代表的山东绿茶也走出了齐鲁大地，以其特有的清香飘至大江南北，行销中国乃至世界广大地区。一片小小的茶叶，承载着先辈们的殷殷期望，指引着乡村振兴的前进方向，也承载着山东人民坚韧不拔、艰苦奋斗的精神。

四

国际大港

对于一座现代海滨城市而言，港口的意义非比寻常。港口是海运事业的起点，其吞吐能力直接关系着城市的经济发展和文化繁荣。无论是作为东北亚的航运中心，还是作为国家的海军基地，青岛与日照的发展都离不开其国际化与现代化的港口。尤其是新中国成立后，港口建设一直备受瞩目，所建港口不断创造着辉煌的航运成绩。依托发达的港口、航运与铁路网络，青岛、日照不仅与广袤的腹地建立起密切的联系，更与全球航运紧密相连。如今，它们作为 21 世纪海上丝绸之路的重要节点城市，正扬帆谱写新的华章。

（一）海港风华

1. 沈鸿烈主建第三码头

1936 年 2 月 10 日，胶州湾东岸一个崭新的码头两旁，整齐地停泊着挂满五颜六色、随风飘扬彩旗的船只，码头中央有一个偌大的拱门，上面赫然写着几个大字："青岛市第三码头落成典礼"。码头上熙熙攘攘挤满了人，还有许多报社记者抱着相机不停地拍摄，生怕错过每一个重要的画面。他们的目光同时聚焦在时任青岛市市长沈鸿烈身上，十分激动地期待着他接下来的讲话。第三码头的问世是青岛港口和城市发展史上的大事，它不仅使青岛港一跃成为全国贸易额排行第四的港口，提升了青岛的城市地位，还彰显了1922年青岛回归以来发展民族实业和去殖民化的决心。

青岛港的港口收入，历年来一直是青岛最重要的财政收入来源。据记载，20世纪30年代初，青岛市年财政收入为二百三十多万元。间接收入中，港口收入占大部分，在全市年收入中占有相当惊人的比例。因此，青岛历任市长都非常重视港口的建设，以期获得更多的财政收入，沈鸿烈也不例外。1931年12月，张学良推荐东北海军主将沈鸿烈为青岛市代理市长。长期从事海军建设的沈鸿烈高瞻远瞩，具有一双能够洞悉港口发展的慧眼，因此在青岛任职期间，他格外重视青岛的港口建设。沈鸿烈心里十分清楚，青岛是依靠港口才得以迅速崛起的。上任不久，他便敏锐地察觉到，20世纪30年代以前，青岛港已有码头，但都是德国侵占青岛后建造的，年久失修，也没有扩建。加上外舰有时会占用码头，使得停泊船位不能供应贸易船只使用，运力受到严重制约，影响了青岛港对外贸易的发展和财政收入。面对这一亟待解决的难题，青岛港的码头建设就提到了市政府的议事日程上。

1932年，根据国民政府的青岛特别市建设计划，经过深思熟虑后，沈鸿烈决定通过招标的方式建设新的码头。经过一番激烈的角逐，日本福昌公司脱颖而出，最终拿下了这个项目，并聘请德国设计师进行设计，港口产权完全归中国所有。第三码头的奠基仪式上，处事谨慎、讲究亲力亲为的沈鸿烈来到现场，在还未修建好的工人宿舍和仓库前与设计师等人合影，第三码头的修建也由此正式开启了。

无论从码头的选材还是修建方式上，沈鸿烈都非常谨慎用心，他专门指定了十几名中外工程技术人员组成监委会，严格监督码头的修筑。码头海底有很多淤泥，如不清理，建成后会严重阻碍海上航行。于是在修建之前，工人们先深入海底清理了坚硬底层以上的淤泥，拓宽了航道，并从对岸的薛家岛运来了大量混凝土石块。这些石块坚固耐用且方便养护，为第三码头航运业的繁荣打下了坚实的基础。

码头从 1932 年 7 月正式动工，到 1935 年年底全部竣工，历时四年。在万众期待下，于 1936 年 2 月 10 日迎来了轰动一时的落成庆典。这是中国政府收回青岛以后建设的最大工程，因此其落成典礼非常隆重。停泊在第三码头的船只全部被挂上了高高的彩旗，彩旗在风中来回飘扬，似乎在向世界宣告这一令人激动的时刻。青岛市各界人物纷纷出席，中央政府代表、山东省政府代表、英日领事、陆海军代表等也都受邀参加了庆祝典礼。媒体一直紧紧追随着第三码头的动工与建设过程，其落成典礼更是像吸铁石般牢牢地吸引了国内外各大报刊，记者们纷纷来到第三码头，记录着这件的大事。在落成仪式上，沈鸿烈发表了讲话，还亲自撰写了码头纪念碑记，上面记载了码头修建的缘起及其命名，文字翔实，书法古茂，立于码头之上。

青岛第三码头落成典礼（青岛市档案馆供图）

典礼过后，各大报刊争先恐后地进行报道，称它为"青岛唯一
大建筑"。日本报纸也不吝赞誉，在《华北值得自豪的不冻港》
中报道称："由于建起了第三码头而名副其实地成为华北唯一
良港"。

　　第三码头的建成促进了青岛民族海运事业的发展，它可以
同时停靠八艘六千吨级船只，不仅解决了青岛港的船运问题，
也保住了青岛华北海运中心的地位。同时，作为青岛 1922 年
回归后的第一个伟大工程，第三码头也向世界宣告了中国去殖
民化的努力与决心。

2. "燎原"轮首航日本

　　1964 年 6 月 18 日上午，一艘满载货物的轮船从青岛港出
发，于 6 月 21 日上午抵达日本。轮船一驶入日本北九州市门
司港，就受到了当地民众的热烈欢迎。他们手里举着醒目的欢

迎标语,乘着船身挂满彩旗的游艇,齐声欢呼:"东京,北京!"而轮船上的船员们面对热情的日本民众,也高声回应:"北京,东京!"这就是"燎原"轮首次航行到日本时的场景。那么,为什么"燎原"轮的这次航行会受到日本民众如此热烈的欢迎呢?"燎原"轮首航日本又具有怎样的重大意义呢?这一切还要从新中国成立后的中日关系与中日两国的民间贸易讲起。

新中国成立后的很长一段时期,中日关系并未实现正常化,日本船可以来中国,但是日本政府不同意中国船前往日本。然而,中日之间的民间贸易需求一直呈现增长态势。中日两国的民间交流促进了中日关系的缓和,在两国民间力量的努力下,日本与中国政府就两国航运贸易问题展开了磋商,达成了中国政府可派遣船只前往日本展开贸易的共识。1963 年 11 月,中华人民共和国国务院同意专门成立上海远洋运输公司负责远航日本的准备工作。经过多番考量,上海远洋运输公司决定派遣我国自己设计和建造的五千吨级货轮"燎原"轮来完成新中国成立后首航日本、开辟中日航线这一光荣的任务。

"燎原"轮装载玉米等货物 5846 吨,承载着中日两国人民多年以来交流的强烈愿望,由青岛港启航,先后到日本的门司、东京和神户三个港口装卸货物。"燎原"轮一抵达日本港口,就受到了早已等候在那里的日本民众和华侨的热烈欢迎。据当时参加"燎原"轮远航的海员回忆,日本民众对待他们十分热情友好,不管是到达门司、东京还是神户港,都会受到友善的日本朋友对他们的热情欢迎,还收到了许多他们赠送的纪念品。

1964 年 7 月 6 日，"燎原"轮装载人造纤维、机器设备 2483 吨，并运送日本社会党访华团返航，9 日安抵上海港高阳路码头。"燎原"轮首航日本以后，中日两国之间的航运往来也呈现出了燎原之态。它的首航打通了新中国成立后中国商船航行日本的航路，是重启两国经贸往来的开端，大大缓和了两国之间紧张的关系，促进了中日两国的经济文化交流。

3. 许振超绝活"一钩净"

青岛港有一位的大名鼎鼎、家喻户晓的绝活工人，他叫许振超。他创造了"振超工作法"，练就了"一钩净"等绝活，使"振超效率"享誉全球。

新中国成立初期，青岛港受战乱影响，基础设施破坏严重，港口条件极为落后。1973 年，新中国开始第三次技术设备引进，中国与世界经贸往来日益密切，此时落后的青岛港成为对外贸易最大的绊脚石。在此背景下，国家提出了"改变港口落后面貌，三年实现港口大变样"的口号。1974 年，在青岛国棉七厂已经工作了七年的许振超积极响应号召、主动求变，走出纺织车间，在青岛港码头做起了电工。在许振超看来，码头就是自己的家，自己就是家中的顶梁柱，能做好电工的工作，他就会感到莫大的满足。半年后，虽只读过一年半初中，但热爱钻研学习的许振超很快学会了操作当时港口的先进设备——门机。1984 年，青岛港组建集装箱公司，许振超被选为青岛港第一批集装箱桥吊司机。多年以后，许振超依然能记得当年做桥吊司机时新奇的心情。他想：大吊车真厉害，成吨的钢铁轻轻一抓就起来了。凭借着对桥吊工作的好奇与热情，许振超对着图纸一点点钻研。面对工作中遇到的密密麻麻的外文，他买了一本英汉词典，一个一个地查询单词。就这样，抱着"咬定青山不放松"的心态，许振超在搞懂原理后又一遍一遍地练习操作技术，对操作细节反复打磨，在日复一日的高强度训练中练就了一身桥吊操作的绝活儿。其中，由他发明的"一钩净"技能帮助他带领的振超团队先后九次刷新集装箱装卸世界纪录，使"振超效率"成为行业内的一块"金字招牌"。

什么是"一钩净"呢？这一绝活儿的发明，始于许振超在操作桥吊时，发现落钩时要保持货物的稳定并不容易。为了解决这一问题，许振超开始了长达半年的练习。在工作之余，他会吊起满满一桶水，一直练习到在吊具前进过程中滴水不洒，他把这一技术叫做"一钩净"。在抓取粮食时，一抓斗的粮食有 10 吨重，吊车抓斗伸张开有 3.4 米，要将这些粮食准确地放入长 12.5 米、宽 2.7 米的车厢，是需要一定的技巧和相当的熟练程度的。通过一遍又一遍练习，许振超细细揣摩抓斗伸张最合适的尺寸。正是凭借这种钻研精神，许振超解决了桥吊工作中的一个又一个难题，大大提高了装卸工人的工作效率。除了"一钩净"外，他还摸索出了"无声响操作""一钩准""二次停钩""无故障运行"等在其他人看来匪夷所思的绝活。面对赞誉，他表示，人总是要有一点儿精神的，干就干一流，争就争第一，拼命也要创出世界集装箱装卸名牌，为企业增效，

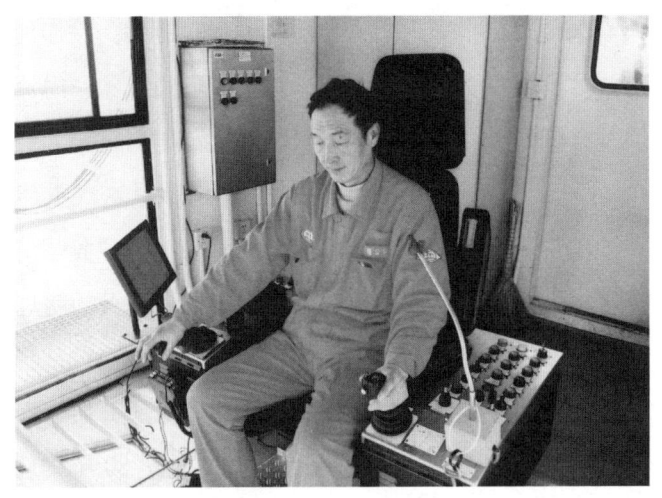

许振超在控制台作业（青岛市档案馆供图）

为国家争光。

"干就干一流，争就争第一。"从码头工人到青岛港固机高级经理，再到新时代产业工人的杰出代表，许振超一路走来取得的成绩，离不开他精益求精的工匠精神。"当不了科学家，也要练就一身绝活。"今天的许振超依旧奋斗在传统集装箱码头改造的征途上，想到让未来的青岛港领先于世界的目标，许振超斗志昂扬。

4. 王炳交守护团岛灯塔

在青岛西南端团岛岬角，有一座矗立了百余年的灯塔——团岛灯塔。这座建成、启用于1900年的灯塔，原称"游内山灯塔"，是德国殖民青岛的导航设施，地处青岛港的咽喉部位，能够保障船只在夜间平安进出青岛港。塔上还装有雾笛，可在大雾天气鸣笛报雾，引导轮船顺利通过岬礁。除作为导航设施外，灯塔还负责记录进出船只数量，以及气象、海流等状况，供军方研究参照。1914年日德青岛之战时灯塔遭到破坏，1919年日军又将其重建，现在的团岛灯塔就是这次重建后的灯塔。团岛灯塔见证了青岛的百年沧桑，被誉为"胶州湾的眼睛"，守塔人王炳交，成就了这座"中国北海不灭的明灯"。

王炳交，1957年2月生，山东日照人，曾任北海航海保障中心青岛航标处团岛灯塔灯塔长。十九岁参军开始，无论是作为解放军战士在团岛灯塔服役，还是20世纪80年代后期转业到灯塔工作，亦或是退休之后与灯塔相伴，四十多年的守塔生涯，使团岛灯塔融进了王炳交的生命。他把家安在灯塔脚下，将灯塔视若有血有肉、有灵魂的老朋友，无论寒暑晴雨，都和家人一起与灯塔日夜相伴。为了方便随时观察灯塔状况，他在自家的屋顶安装了十四扇玻璃天窗，这样任何时候都能在不同的房间看到灯塔状况。王炳交深知，灯塔工作直接影响着青岛港船舶海上航行的安全，他说"守塔就是守心"，让人们平安来、平安走，是他和家人最

团岛灯塔（金昕摄）

大的心愿。

王炳交将灯塔珍若生命，除了日常精心擦拭、保养灯器和设施设备外，还不断钻研探索，先后完成了十七项技术革新。不仅修缮改进了濒临报废的零件，节约了大量经费，还通过精心设计的小发明优化了灯塔的导航功能，如发明了灯光同步显示装置、停电报警及灯光熄灭报警装置等。王炳交最得意的作品，是航标灯状态自动监控装置。这项发明是一种可以实现灯泡自动切换，并能延长灯泡使用寿命功能的交通灯，相当于为航标灯的长明"上了保险"，而且也可用于公路交通中。灯塔里的每一样东西都是王炳交的宝贝，他经常如数家珍地向参观者介绍自己的创新发明，自豪地讲解灯塔的工作原理："它发的光是亮四秒灭一秒，共五秒，船舶一看信号就知道到青岛港了。"他还会不厌其烦地演示雾号装置，当人们在现场听到雾号充满穿透力的"哞哞"声，也就明白了青岛人为何形象地将其称作"海牛"，那声音是大雾天气时团岛灯塔的雾号在为进出港船只导航。

随着现代卫星定位导航技术的发展，到 20 世纪 90 年代时，设备老化的团岛灯塔逐渐失去了导航作用，有关部门打算拆除灯塔。视塔如命的王炳交坚决反对、据理力争，不仅保住了灯塔，使它成为一座集声、光、无线电等导航设备于一身的现代化灯塔，还为它带来了新的使命——传播航海文化。1997 年，青岛航标展馆成立，王炳交把自己珍藏多年的灯器和航海文物无偿捐献了出来，并不遗余力地义务宣传航标文化，使这里成为航标广场科普教育基地、廉政教育基地、党员活动基地。2006

王炳交在团岛灯塔向来访者讲灯塔精神（金昕摄）

年，团岛灯塔被国务院公布为全国重点文物保护单位。

四十多年全心全意、不计得失、勤于钻研的守塔生涯，使王炳交获得了全国五一劳动奖章，以及全国劳动模范、全国技术能手、交通技术能手、山东省劳动模范、最美文物安全守护人等荣誉称号。他一生坚守的"燃烧自己，照亮航程"的灯塔精神，鼓舞了各行各业、各个年龄段的人们。

5. 石臼灯塔映巨变

有人说，石臼灯塔年岁不过两甲子，却犹如一位得道成仙的高人，已然成为日照人心目中的精神符号。这座面向碧波万顷、巍然耸立九十年的灯塔，曾在无数个黑夜照亮船舶进出港城的航路，见证了日照这座海滨城市从一个小渔港到亿吨强港的沧桑巨变。

20 世纪 30 年代，各地土匪活动猖獗，民不聊生。1932 年秋天，山东一带最蛮横的悍匪刘黑七率领七千余名匪徒从莒南坪上向东大肆抢劫，并放出狂言企图围攻石臼所。日照各商家住户此前已被骚扰数次，听闻这个消息后，城内笼罩着紧张的气氛。危急关头，时任石臼所商会会长的贺仁庵为了抵御强匪，只身急赴青岛，向青岛市特别市长沈鸿烈请求派兵相助，以解燃眉之急。面对请求，沈鸿烈爽快应允，立刻派军舰连夜前往支援。当军舰停在石臼所外海的时候，发现土匪正在高家村的一处打麦场上休息，于是趁机发出两响炮，炸伤土匪十余人。众土匪大吃一惊，灰头土脸地向北逃窜。

这次夜间海上作战的经验，使贺仁庵等人充分意识到了灯塔对于夜间军舰及船舶往来的重要性。出于保障自家轮船及往来此地船舶航行安全的需要，贺仁庵决定在民商团体之间自筹资金兴建灯塔。经过一番精心设计和选址，1932 年 10 月，灯塔正式开工建设。1933 年，在石臼所东南隅三面环海、高高耸立的礁石上，黑白相间的五层灯塔落成了。灯塔的第五层为灯室，光程可达十四海里。石臼灯塔自落成以来，如"定海神针"般护佑着进出港渔商船的安全。人们感慨道："商船从青岛、

石臼灯塔（日照市文化和旅游局供图）

连云港来，塔上晚上有灯，晴天的时候老远就望见了，雾天视线不好，灯塔前礁石很多，更要靠灯塔。"

为了满足港口快速发展的需要，1985年，在石臼老灯塔的东北边新建了一座石臼灯塔。1992年，石臼新灯塔正式更名为"日照灯塔"，自此，石臼老灯塔停止使用。作为日照的第一座灯塔，石臼灯塔见证了近代日照历史的沧桑巨变。如今，它依然屹立在海边，默默俯瞰着日新月异的港口。而兼具观光和导航功能的日照灯塔则成为另一道迷人的风景，与石臼灯塔一起，共同成为这座城市海港的象征。

6."东方桥头堡"

日照港濒临黄海，湾阔水深，是一座随着改革开放孕育、成长起来的现代化港口，也是我国重点发展的沿海二十个主枢纽港之一。从默默无闻的地方海港，发展成为新亚欧大陆桥东方桥头堡，日照港的崛起有着一段十分曲折的故事。

20世纪70年代后期，由于山东兖州煤矿的发现与开发，每年有数千万吨的煤炭需要外运。然而当时山东通海的铁路只有一条胶济线，海洋工程专家侯国本说道："胶济铁路就相当于人的脊椎，但是还要有大大小小的血管，这样人体才能吐故纳新，建立良性循环。山东鲁南交通落后，只靠汽车是不行的，要建铁路，才能使贫困的鲁南山区富裕起来啊！"面对这种情况，国家为了运输山东及山西的煤炭、加速鲁中南地区经济的发展，决定再开一条通向华东、实现海陆联运的通道。同时，煤炭外运也迫切需要建造一处深水大港。那么这个国际深水大港兼兖石铁路的终点要设在哪里呢？经过一番详细的论证，距离兖州较近、可停靠千吨级船舶的连云港从各选择方案中脱颖而出。1977 年 12 月，修建兖州至连云港的铁路被列入计划，开始着手建设连云港。

与此同时，以侯国本为首的专家认为石臼港具备发展国际深水大港的潜力，并敏锐地察觉到，建设石臼大港，还必须有一条铁路与之相伴，不然十万吨级大港就是空的——不能靠汽车、小推车将货物送上轮船。基于这一考虑，侯国本等人开始为争取建造石臼港而努力。虽然当时铁路的终点已经定在了连云港，但侯国本对此事始终念念不忘。

功夫不负有心人。终于，在侯国本努力下，事情在 1978 年 3 月举办的全国第一届科学大会上迎来了转机。在会议讨论时，邓小平同志鼓励大家踊跃发言。侯国本心潮澎湃，他鼓起勇气，激动地提出："石臼所是建设深水大港的良好港址。"随后向大家详细说明了情况。邓小平同志听后深觉有理，当日下午便立即批示组织专家对港址进行重新论证。

会议结束回到青岛后，侯国本仍旧没有松懈，而是继续通过信件等方式详细论述在石臼所建港的想法，抓住一切机会争取。然而，这些建议信在投出去后竟全都石沉大海，石臼港的建设仍无实质性进展。侯国本见此情形，内心十分焦急，又辗转各方将建议信提交给负责人。终于，在 1979 年迎来了港湾选址的消息，但却不是直接在石臼港建设，而是需要和支持在连云港选址一派进行辩论，一决高下。毫无疑问，这是决定石臼港命运的关键时刻。在一番紧锣密鼓的准备后，1979 年 4 月 16 日，迎来了港湾选址的大辩论。会上，侯国本作为支持建设石臼港一方的主将，沉着应战，有理有据地陈述着酝酿已久的观点。最为关键的是，他对连云港选址条件也进行了冷静分析："其实，我对连云港最大的担忧是风浪条件下深水航道的淤泥问题，担心连云港因大量淤积而成为第二个塘沽港。"这一见解得到了在场大多数专家的支持。在一番比对后，他们认为："修建石臼港可以一劳永逸而没有后顾之忧。"专家们一致倾向于石臼港的选址建设。

决定在石臼所建港后，兖石铁路的终点也随之改在了石臼所。1985 年石臼港建成，改名为"日照港"，兖石铁路也正式通车。1994 年开通的侯月线，其向东的终点便是日照港，侯月线成为晋煤外运的南通路之一。侯月铁路的贯通，大大缩短了西北与山东出海口的距离，为日照港提供了源源不断的煤炭，形成日照港连通直接腹地与间接腹地的铁路集疏网络。

1995 年，日照港被国家列为新亚欧大陆桥东方桥头堡，成为黄海之滨冉冉升起的一颗璀璨明珠。

7. 战浒苔迎奥运

每年五六月份，浒苔孢子沿海岸线北上，在青岛海面泛滥成灾。2008 年至今，青岛人民与浒苔旷日持久的斗争已经持续了十五年。

对于青岛来说，2008 年是意义重大的一年。2000 年 7 月

24 日，北京 2008 年奥林匹克运动会申办委员会致函青岛市政府，同意将青岛市列为北京 2008 年奥运会候选城市，青岛奥帆赛迎办工作全面启动。2008 年 8 月 9 日，第 29 届奥运会的帆船比赛将在青岛举行的消息激荡着每个青岛人的心弦，所有人都在翘首期盼着那一天的到来。

然而，在距离青岛奥帆赛举办仅剩七十天时，半路杀出个拦路"浒"。2008 年 5 月 31 日，国家海洋局北海分局在黄海中部检测到零星的漂浮浒苔。步入 6 月，大量漂浮在海面上的浒苔不仅破坏了碧海蓝天的美景，也妨碍了帆船运动员的海上训练，严重威胁着奥帆赛的顺利举办。

6 月 26 日，青岛市奥帆赛场海域浒苔处置工作应急指挥部正式成立。起初，一切都是摸着石头过河，光是探索拦截浒苔的流网的固定方法就用了两三天。一个星期内，全岛总动员，军民齐上阵。上到人民解放军、武警部队，下至村民百姓、高校志愿者，各行各业的人们有钱的出钱、有力的出力。在他们当中，有偷偷拔下针头、带病上阵的女兵，有被太阳晒褪了一层皮的普通劳动者，也有早上六点上工、晚上十二点还未能下班的装载车司机……昔日海边人头攒动，是为了洗海澡；当日的摩肩接踵，却是为迎接奥帆赛这一盛事而共同努力。

一方有难，八方支援。山东省提出，"举全省之力"解青岛燃眉之急，一声令下，日照、烟台、威海三市从海面围攻，全力拦截所辖海域内的浒苔；平度连夜赶制三千把"浒苔耙"送往青岛用于打捞浒苔；济南、淄博、威海、莱芜等九市紧急调集自卸车、装载机支援青岛……

亦劳亦娱，苦中作乐。为了给疲惫枯燥的抗"浒"战带来一些欢声笑语，青岛市音乐之声小草合唱团边干边唱，独属于青岛的"劳工号子"萦绕在海边。这又何尝不是一种浪漫？

7月3日，历时近一个半月的"青岛保卫战"落下帷幕，各国帆船运动员的训练恢复正常。据记载，青岛市共调集船舶1500余艘，出动机械3.3万台次，清理浒苔76万吨，清运浒苔45.8万吨，布设流网4.9万米、围油栏4.7万米。青岛人民上下一心，用手捞、用肩扛，以最原始朴素的方式，对抗着这场突如其来的自然灾害。

一场奥帆赛让"帆船之都"成为青岛的城市名片，如今每每提及当年盛况，人们总会忆及众志成城战浒苔的汗水与收获。

（二）海军基地

1. "镇海"舰自沉阻日寇

七七事变后，日本迅速制定了攻占青岛的计划，但考虑到青岛日侨众多，并未立即采取军事行动。直至上海、南京先后陷落，日本才准备军事进攻青岛。面对日寇的进攻，青岛将会如何应对呢？

国民党政府实行消极抗战政策，认为青岛地势易攻难守，况且青岛海军也不敌日本海军，早晚要陷落。1937年12月初，沈鸿烈奉命率舰队抵达青岛，实施"焦土抗战"，并伺机撤离青岛。所谓"焦土抗战"，就是炸毁日侨在青岛的主要工矿企业，破坏青岛港主航道，不给日寇利用的机会，以空间来换时间。得到命令后，沈鸿烈立即开始了准备工作，不仅在短时间内培训了众多爆破人员，而且从济南兵工厂运来了大量炸药和雷管。随后，爆破人员秘密地在一些日本工矿企业放置了炸药，通电马上就会爆炸。就在日本下达作战命令的当天，青岛市下午五点开始戒严。晚上八点，沈鸿烈下达命令，各爆破人员立即在纱厂、发电厂、啤酒厂、炼油厂等日本重要厂矿，以及车站、码头、自来水厂等重要场所同时引爆炸药。瞬间，从沧口、四方至市区，爆炸声不绝于耳，火光冲天、浓烟四起，日本人的工厂尽数化为焦土。见此情景，民众人心惶惶，纷纷弃家逃离青岛，躲避战乱。

接下来，沈鸿烈的工作就是破坏青岛港主航道，准备通过让中国海军第三舰队主力集体自沉的方式堵塞航道、封闭港口，延缓日寇的入侵。12月25日，沈鸿烈命令海军第三舰队司令谢刚哲和青岛港港务局局长袁方乔实施沉船封港计划。第二天，谢刚哲下令将第三舰队的"镇海""楚豫""江利""永翔""同安""定海"等舰队装满沙石与煤渣。与此同时，下令将港务局所属的"飞鲸号""金星号""土星号"等五只小火轮也装满沙石、煤渣。随后，这十余艘大小舰船驶至大港和小港附近的航道上，同时打开舱底的海底门放水入舱，很快便沉入海底，青岛港口得以封锁。沈鸿烈还切断了海底电缆，并在主要航道布下大量水雷。当一切布置完毕后，沈鸿烈于 12 月 31 日率领陆海军向鲁西南一带撤退，青岛完全撤防，留给日本的是一座工业废墟、一座航道堵塞的空城。1938 年 1 月 10 日，日军登陆后没有遇到任何抵抗，未发一弹便进入市区，青岛至此彻底沦陷。

这次"焦土抗战"以极其悲壮的方式破坏了日侨在青岛的工矿企业，使日本人失去了日后支撑其侵略战争的物资，沉重打击了日本"以战养战"的阴谋。日本第二次占领青岛后，成立了伪青岛治安维持会和伪青岛特别市政府，开始实行殖民统治。直至 1945 年抗日战争胜利后，青岛才重新回到祖国怀抱。

2. 美国海军登陆青岛

美国作家斯特朗在《中国人征服中国》中写道："在抗战胜利后，美军在青岛建立了一个海军基地。奇怪的现象发生了，基地周围的农民们开始严格按照钟点下地干活：早上九点钟之前，中午十二点到两点，下午五点之后。"这一现象着实奇怪。书中继续写道："原来美军飞行员会肆意地扫射农田里的农民。后来农民们以血的代价总结出了美军的训练规律：他们严格遵守作息时间，饭点绝对不会训练，所以才有了这个奇怪的耕作时间。"抗日战争胜利后，全国大部分城市相继迎来解放的冉冉红日，为何青岛仍笼罩在美军的阴影之下？这还要从当时对日军的处置问题说起。

1945 年 8 月 15 日，日本宣布无条件投降，中共胶东部队在严密的组织下蓄势待发，准备夺取青岛之际，不料形势突然急转直下，迫使中共暂时放弃了争夺青岛的计划。美军见日本全面投降，于是惺惺作态地以战时同盟的名义勾结蒋介石，以协助国民党军队受降和遣返日俘的名义登陆了青岛。美军的存在成为国民党军队的"护身符"，这才导致风云突变，被国民党捷足先登，抢占了青岛。

实际上，美军登陆青岛并非一时心血来潮，也并非出于协助遣返日俘这个单纯的目的。早在第二次世界大战末期，美国就如秃鹫一般犀利地盯紧了青岛。抗日战争胜利后，美国跃跃欲试，企图将中国塑造成一个效忠于自己的国家，来取代日本，成为其在远东稳定的基础，发展力量与苏联对抗。而国民党军队则是出于遏制共产党的内战布局考虑，与美国合作，也是打得一手好算盘。抗战胜利之初，国民党军队大多散布在西北和西南，此时要迅速进军华北和东北抢占先机，简直比登天还难。但共产党人却干劲十足、马不停蹄地奔赴东北。在这种紧张的局势下，国民党军队如蜗牛般缓慢，使得蒋介石整日惴惴不安。于是，他将求救的手伸向了美国，希望借助美国的力量占领华北，真可谓是"司马昭之心路人皆知"。

美国与国民党各取所需，居心叵测的美军多方调遣军事力量，顺理成章地登陆并驻扎青岛，立即开始了与国民党政府的合作。合作的第一个内容便是协助受降与遣返日俘。日本宣布无条件投降后，盟国与日本的受降仪式在各地展开。青岛地区的受降仪式较各地略晚，1945年10月25日，众人期待已久的受降仪式终于在汇泉跑马场举行了。广场上，作为历史见证的受降台十分醒目地坐落在汇泉广场中央，台上中美两国国旗随风飘扬，似乎在向众人宣告着这个激动人心的时刻。受降仪式在数万人的鼓掌呐喊中落下帷幕，仪式举行完毕，国民党军队便借助美军的力量紧锣密鼓地将日俘遣返回国。

然而，此时的美国政府已在思忖：日军遣返完毕，美军驻扎青岛的合法性是否就不复存在了？如果想要继续驻扎，该如何寻找根据呢？在一番精密的谋划后，美国政府又派遣了海军顾问团，青岛成立了"中央海军训练团"，协助国民党政府进行海军训练，终于达到了将海军陆战队留驻青岛的目的。随着美军逐步入驻青岛，美国又通过与国民党政府签订《中美友好通商航海条约》等协议，一步步使美军在青岛的海军基地合法化。1946年6月底，美海军第一太平洋舰队总部逐步转移至青岛，青岛的海面上停满了排排美舰。正如1946年8月30日《解放日报》所载："放眼港口内外，停泊或正在巡逻着的尽是各式各样的美军舢、艇船、舰。"在四年的光景里，青岛实际已沦为美国的海军基地。

青岛沦为美军基地，是美国与国民党政府互相勾结的结果，也是美国对苏联实行冷战战略的重要组成部分。这不但深深地影响着中国的国内政局，还严重损害了中国的权益。美军驻扎青岛期间，在青岛肆意妄为，大搞破坏，严重影响了青岛社会的稳定与发展，对青岛人民造成了难以弥补的伤害。

3. 海军青岛基地成立

海军青岛基地成立于 1950 年 9 月 9 日。

新中国成立初期，中国人民海军力量多集中在南方，北方海防力量相对较为薄弱。为巩固祖国的海疆防御体系，加强对沿海地区的控制与保护，中央开始考虑北方可以组建海军基地的合适地点。青岛拥有优越的地理位置和天然良港，可以为海军基地的建设提供良好的基础条件。同时，青岛是重要的沿海城市和海防重镇，如果在这里设立海军基地，可以有效地拱卫首都。

在对战略位置和基础条件等因素的综合考量下，青岛确实是当时组建海军基地最合适不过的地方。时任中国人民解放军海军司令员的萧劲光当机立断，立刻上报中央，请求在青岛组建海军基地。这一请求迅速得到了中央的批准和高度重视。于是，紧张有序的筹备工作迅速展开了。

1949 年 11 月，华东军区海军派出人员成立青岛办事处。1950 年 2 月，第四野战军后勤第二分部等从衡阳启程，经过长途跋涉之后抵达青岛，开始海军后勤部和各学校等单位的筹建工作。5 月初，萧劲光来到青岛，组建了海军青岛基地筹备委员会。经华东军区批准，青岛警备司令部直接改为海军青岛基地筹备委员会，警备司令赵一萍任海军青岛基地筹委会主任，许培仁任副主任。7 月，第二野战军第三兵团第十一军机关和直属队到达青岛，与海军青岛基地筹备委员会组成海军青岛基地。

1950年9月9日，海军转发中央军委命令，海军青岛基地正式成立，由第六十三军副军长易耀彩任司令员，青岛市委书记赖可可担任第一政委，第四十六军副政委段德彰担任政委，设司令部、政治部、供应部、卫生部、干部部五个部门，机关驻广西路1号。10月10日，海军青岛基地在青岛汇泉体育场召开成立大会。

由于水面舰艇部队牵涉装备、技术等问题，海军青岛基地成立后，先行筹备成立炮兵部队。基地成立一个多月后，经过海军岸炮学校两个多月突击培训的258名学员结业，在10月21日组建海军第一支岸炮营。同月，中央军委决定将鲁中南军分区海防团调归海军青岛基地，改为炮兵团。警备第二旅一团三营调归海军青岛基地，改为工兵营。12月16日，人民海军高射炮兵第一团在青岛组建，这是人民海军最早的高射炮兵

海军青岛基地成立大会（中国人民解放军海军博物馆供图）

部队。

基地建成以后，成为中国北方海军的主要基地之一，它也是中国海军的重要战略支点。在这里，中国海军可以进行各种陆海、海海兵力协同作战演习，提高海军现代化作战能力。此外，还可对周边区域的海上安全实施监控，保护中国海洋权益。

4. 人民海军首次海上阅兵

1957 年 8 月 4 日，正值盛夏，海风带来阵阵凉意，人民海军在青岛附近海域举行了新中国第一次大规模海上阅兵。1957 年 5 月，在北京举行的庆祝建军 30 周年筹备会上，中央军委决定 8 月在青岛举行海上阅兵式。建军仅八年的人民海军将第一次以水兵徒步方阵之外的形式接受党和人民的检阅。

为了做好人民海军首次海上阅兵工作，青岛海军基地进行

人民海军首次海上阅兵时，舰艇接受检阅（中国人民解放军海军博物馆供图）

了多方面的准备。7月17日，海军兵力海上检阅计划在青岛基地正式部署实施，青岛基地指挥官和各编队领导都积极投入到阅兵仪式的准备工作中。7月24日、29日，部队进行了两次演练，并反复修改和完善阅兵方案。根据气象情况，毛主席检阅部队的时间定于8月4日。为确保万无一失，8月1日上午，萧劲光按照检阅计划，又分别进行了陆上和海上的演练。令人意外的是，8月4日，毛泽东主席由于身体原因没有出现在青岛基地的码头，委托周恩来总理检阅海军青岛部队。

8月4日早晨，由青岛海军基地组成的军官队伍整整齐齐地排列在码头上。九点左右，萧劲光陪同周总理来到了海军码头，随同前来的还有时任国务院副总理乌兰夫、最高人民检察院检察长张鼎丞、公安部部长罗瑞卿，以及总参谋长韩先楚、空军司令员刘亚楼、武汉军区司令员陈再道等解放军高级将领。总理来到海军码头后，马忠全向周恩来报告并请总理检阅军官队伍。这时乐队高奏中国人民解放军进行曲。海军驻青部队、机关、军校的官兵们排成庄严整齐的队形接受检阅，一声声"总理好"的问候响彻云霄。检阅完军官方队，周总理等登上一艘木壳鱼雷快艇驶出大港。

此时，胶州湾海面上，一艘艘舰艇和潜艇整整齐齐地排列着，所有舰艇全部满旗致敬，指战员列队立正，接受总理的检阅。周总理随后登上了旗舰"鞍山"号。海上分列式正式开始：两架水上飞机从旗舰右侧滑翔而起，摇摆着机翼向总理致敬。接着，潜艇编队、猎潜艇编队、快速炮艇编队、鱼雷快艇编队依次驶过，海军航空兵的歼击机群和轰炸机编队越过上空。最后，又进行了潜艇表演和航空兵跳伞表演。海上阅兵式历时两个多小时圆满结束。

5. 程文兆试航第一艘核潜艇

核潜艇是一个国家军事实力的象征，从它的设计、建造到试航都有严格的要求。1970年12月，我国自主研制的第一艘核潜艇"长征一号"正式下水。时隔多年，中国核潜艇第一代试航员程文兆回想起当日的情形，依旧记忆犹新。

20世纪60年代，面对西方的核威胁，提高我国军事实力、建造核潜艇成为当时全党全国人民的迫切需要。1959年，苏联领导人赫鲁晓夫访华，毛泽东向苏联寻求研制核潜艇的帮助。但赫鲁晓夫面对毛泽东的要求，回答道："核潜艇你们不要搞，你们搞不了，建议搞联合舰队，我的舰队到你这里来，大家共用，我有就是你有。"面对赫鲁晓夫对中国的轻视，毛泽东严肃地回应道："要是这样，你们把中国所有海岸线都拿去好了，我们总要有自己的舰队。"然后，毛泽东对全党全军提出了一句响亮的口号："核潜艇，一万年也要搞出来！"

据程文兆回忆，这句话成为当时核潜艇研发制造人员的精神支柱。在当时艰苦的条件下，科研人员们啃着窝窝头制造核潜艇，早上天不亮就起，晚上深夜才睡，立志要响应党的号召，研发出中国的第一艘核潜艇。

1969年，程文兆被调到北海舰队。6月，程文兆所在的09小分队被调到青岛，说是要执行一项神秘的任务。来到青岛几天后，海军装备部部长侯向之和"09办"参谋李本桥来看望他们，才正式告知他们要承担核潜艇试航员的任务。为锻炼他们吃苦耐劳的能力，程文兆等36人被送到青岛市崂山区沙子口镇栲栳岛，参与09基地（核潜艇基地）建设，和工兵一起打炮眼、扛石头，同吃同住，十分辛苦。之后，09小分队的成员们又被送到全国各地实习，并学习复杂晦涩的专业理论。1970年，程文兆等人结束实习，回到葫芦岛造船厂，准备核潜艇的试航工作。

1970年12月26日，中国第一艘自行研制的核潜艇准备下水。根据程文兆回忆，核潜艇像鲸鱼一样徐徐驶出平台，有上万人自发地、有组织地来到现场，欢声雷动。船上前面挂的是毛主席像，下面就是大红花。潜艇艇员都站在船舷旁边，非常激动，感到十分自豪。

试航前，成员们还要进行艰苦又充满危险的试验。他们要住进模拟核潜艇环境的密闭空间，在密不透风的环境中生活一个月，还要进行深潜耐压试验。在实验过程中，成员们的耳膜受到压力的挤压，十分痛苦，甚至有成员的耳膜被压力震裂了。之所以要进行这样高强度、高难度的训练，是因为核潜艇的操作要求十分之高，在航行中细小的差错也有可能导致极为严重的后果，稍有不慎就会艇毁人亡。因而，为了中国的核潜艇事业，程兆文等人任劳任怨，再苦再难都没有丝毫惧怕。

1971年8月17日，周恩来亲自批准核潜艇开始试航。8月23日，伴随着舰长杨玺的指令和核潜艇的轰鸣，中国第一艘核潜艇开始试航。

中国第一艘核潜艇试航（中国人民解放军海军博物馆供图）

试航依旧是一个惊心动魄的过程，核潜艇面临着两百多项试验，稍有不慎发生失误，试航员就会命丧黄泉，程兆文等人甚至都做好了牺牲的打算。在试航过程中，发生了数次险情，都被程兆文等人用过硬的专业素养和不怕牺牲的精神化解了。

从1971年开始，到1974年交艇，核潜艇分三个阶段出海二十六次，进行各种试验近二百项，反应堆运行数千小时，主机运行数百小时，累计航程六千多海里，在各项试验中获取到千万个技术数据，中国第一艘核潜艇试航任务圆满完成。

1974年8月1日上午十时许，中国第一艘核潜艇交艇命名仪式在渤海湾畔举行，海军司令员萧劲光宣读中央军委命令：现决定，将该艇命名为"长征一号"，正式列入海军战斗序列，并授予军旗一面。

程文兆作为海军战士代表在大会上发言，他说：我们爱护核潜艇，要像爱护自己的眼睛一样。

6. 辽宁舰驻泊母港

2013 年 2 月 26 日，中国海军首艘航母辽宁舰缓缓驶出大连港口，在雾气的笼罩下，辽宁舰沿着蜿蜒的海岸线，缓缓地停泊在了气势恢宏的青岛航母母港。这一历史性时刻标志着我国航母军港已经具备靠泊保障能力，是中国航母发展史上的一个重要的里程碑。那么，辽宁舰又为何会选择在青岛"安家"，这期间发生了怎样的故事呢？

青岛良好的自然地理环境、优良的港口、发达的城市经济，以及重要的战略防御地位，是辽宁舰选择将这里作为"安身之所"的必要因素。"航母母港的建设难度不亚于制造航空母舰"，参与过青岛航母母港建设的工作人员都同意这样的说法。航空母舰对于港口条件要求极高，因为其吃水量大，所以港口必须为深水港，能够允许十万吨级舰船进出港湾。航母母港不仅要为航空母舰提供保障与补给，还要满足包括驱逐舰、护卫舰、潜艇等在内的整个庞大航母编队的需要。为建设青岛航母母港，工程人员首先要面临的考验就是组织附近村落居民搬迁，以空出建设母港所必需的土地。因此，石板河村、后小口子村、前小口子村等六个村庄，大约有一千四百户人家需要整体搬迁，甚至还有四千多座坟墓需要迁移。当地老百姓听到国家要建航母基地，都纷纷表示支持，表示愿意搬离从小生活的村落，甚至迁移祖坟。就这样，第一道难题在人民群众的支持和理解中

辽宁舰海试（中国人民解放军海军博物馆供图）

解决了，村民们仅用了十三个月的时间就完成了一万多亩土地的搬迁任务，没有丝毫的抱怨与不满。

　　解决了用地问题，接下来的技术难题又给建设人员带来了更大的挑战。辽宁舰要在母港安全驻泊，需要有一道防波堤来抵御风浪。而这道防波堤的建设，是一道难以攻破的难题。建设过程中需要在海上运输大量原料，并且还要做好应对台风的准备，同时还不能因为这些难题影响工程的整体进度。建设人员昼夜不休地展开工作，终于，防波堤赶在台风到来之前建成了。看着安如泰山的防波堤，建设人员感到无比自豪与满足。

　　仰赖党和国家的支持，凭借建设人员知难而上的精神和钢铁般的意志，经过五年的艰苦奋战，中国第一个航母母港终于建成了。这里能够为航母提供源源不断的电、油、气等能源与资源，见证了中国航母事业的一个又一个奇迹。

五

海生万象

黄渤海文化廊道的南段不仅有工商业发达的海港都市，还有雄厚的海洋科技力量。这里汇聚了全国一半以上的海洋科学技术人员，他们是中国现代海洋事业的开拓者和引领者，是现代海洋文化的塑造者。这里有一代代海洋科学家为中国的海洋事业奉献终生的故事，有中国最先进的科考船驶向远洋逐浪南北极的壮歌，也有院士们为实现"谋海济国"的宏愿而创造出的巨大成就，还有祖国的建设者们为加强海洋生态文明建设和实施海洋强国战略而迈向深蓝的伟大壮举。

（一）筚路蓝缕

1. 宋春舫执掌观象台海洋科

　　"一位年轻人，个儿矮小，有一双小巧、文雅的手，一只比你看见过的一般中国人大的鼻子，戴着一副金边眼镜。"在英国作家毛姆游记《在中国屏风上》中的《戏剧学者》一章里，宋春舫是一位文质彬彬的剧作家。1919 年，二十七岁的宋春舫作为中国代表团翻译参与了巴黎和会。这位浪漫的剧作家并不知道，他未来的岁月会与他在巴黎和会上多次提到的青岛，以及中国海洋科学事业的发展产生紧密的联系。

1924年，宋春舫因堕马伤肺而吐血，后患上肺结核。1925年，在医生的建议下，他辞去所有职务，到青岛专心疗养。初来青岛的宋春舫，临时住在青岛观象台台长蒋丙然家中。交流中宋春舫谈起了他在欧洲留学时的海洋情缘，同他那一时代参加五四运动的知识分子一样，宋春舫总希望文学能对时代和社会产生一些作用。于是，带着"对改良社会有所贡献"的理想，他开始转向学习海洋学。在蒋丙然的陪同考察下，宋春舫认定，青岛地临黄海，居全国海岸线的中心，实为研究海洋学最适宜之区。随后他在《海洋学与海洋研究》一文中提出，中国第一个海洋研究所最好设在青岛。这篇文章由蒋丙然送呈胶澳督办。文章发表后，引起青岛当局注意，青岛观象台海洋科的建设计划就此开始酝酿。

1928年，宋春舫辞去北京大学教职来到青岛，以完成成立青岛观象台海洋科的愿望。与蒋丙然商议后，宋春舫提出先易后难的步骤，即先在蒋先生管辖的青岛观象台内已有的海洋潮汐和一部分水文等观测的基础上，设立"海洋科"，并亲自出任第一任海洋科科长。宋春舫的到来，使观象山科学家团队呈现出科学与人文的融合，给城市的科学高地涂抹上了充满想象力的色彩。

在任职海洋科科长期间，宋春舫先后组织多名技术人员，向法国订购海洋科学仪器设备，以及海洋科学方面新出版的参考书目。除此之外，他还积极吸收和培养朱祖佑等有志于海洋研究的青年，开展青岛港潮汐观测和预报业务，编印潮汐表。在宋春舫的倡导下，观象台还编辑出版了我国第一种海洋科学期刊《海洋半年刊》。中华人民共和国成立后，全国仅青岛有连续几十年准确的潮汐观测记录，并最终成为新中国的"水平面"，成为全国各地海拔高度的"水准原点"。

宋春舫将自己十年的热情与生命毫无保留地奉献给了中国海洋科学事业。1937年七七事变爆发，青岛海洋科学研究的各项工作陷于停顿。宋春舫在抗战初期并未离开青岛，于1938年夏不幸病逝。而青岛观象台主权再次回归，已经是1946年抗战胜利后的事情了。

2. 蒋丙然建设"吾国第一"水族馆

青岛人的童年记忆中，总少不了大海及其相关元素，位于莱阳路的水族馆充盈着与海洋生物有关的童趣。梁实秋先生曾在其《忆青岛》中这样回忆："小孩子携带着小铲子、小耙子、小水桶，在沙滩上玩沙土，好像没个够。在这万头攒动的沙滩上玩腻了，缓步踱到水族馆……"这座承载着几代青岛人童年美好回忆的水族馆，其筹建故事凝结着深深的海洋情结。

青岛水族馆在中国海洋科学发展历程中占据着特殊的历史地位。究其原因，就不得不提到它的建设者——青岛观象台台长的蒋丙然。20世纪20年代末，蒋丙然与在青岛的海洋科学家们发现，世界上有海岸线的国家都建有水族馆。他们认识到了水族馆在丰富人们对海洋生物的认识，以及彰显国家海洋物产实力等方面所具有的显著作用。我国大陆海岸线长达1.8万多千米，海洋生物丰富，蒋丙然便产生了在青岛筹建全国第一座水族馆的想法。于是，成立青岛海洋研究与海洋科学教育普及机构和场所的建议便被提上了议程。1930年8月12日，中国科学社年会在青岛召开，与会期间，在蔡元培的倡导下，李石曾、易培基、竺可桢、翁文灏、蒋梦麟等专家联名发起在青岛筹建中国海洋研究所，推举胡若愚、蒋丙然、宋春舫为筹委会常务委员，并决议先行筹建青岛水族馆。

当时国内水族馆领域可以借鉴的经验较少，因此时任青岛观象台台长的蒋丙然便派当时的技术人才朱祖佑赴大连考察，又参考了欧美各国水族馆的房间设计图样及内部设备。在"彰显国格"理念的指导下，以蒋丙然为代表的筹备委员会决定一改当时崇尚欧式建筑风格的风气，采用中国传统城垣式的古典民族建筑造型，使得青岛水族馆在众多欧式建筑中显得格外引人注目。作为青岛水族馆的筹建者，蒋丙然与当时的教育部、实业部、中央研究所、北平研究所、青岛市政府、山东省政府、青岛大学、青岛观象台、万国体育会、东北海军司令部，以及宋春舫、朱润生等共同出资建设水族馆。

青岛水族馆自1931年1月破土动工，至1932年2月竣工。在蒋丙然的指导安排下，由观象台海洋科从事整理标本、征集水族等工作，一切布置于4月底完成。同年5月8日，水族馆举行开馆典礼，蒋丙然兼任青岛水族馆馆长，李方琮为水族馆主任，刘靖为技正，朱祖佑为技佐。水族馆建成开放后，有玻璃鱼池十八个，院中有两座露天水池，剥制标本三十件，珊瑚九件。虽然初期水族馆的规模远不如今天的海洋馆，但在当时，作为第一座由中国人设计建设的水族馆，青岛水族馆成为当时国内设备和规模最高水平的代表，承载着中国现代水族馆和海洋科学研究事业最初的梦想。

3. 蔡元培督建青岛海滨生物研究所

近代青岛海洋科学事业的起步和发展，离不开科学家们夜以继日的试验与研究，也离不开一个人的鼎力支持，他就是中国近代教育家蔡元培。

起初，蔡元培的愿望是能在青岛建立一座专门的海洋研究机构。1930年8月12日，中国科学社在青岛举行第15届年会，蔡元培与李石曾、杨杏佛、易培基、翁文灏等科教文化界名流共同出席会议。蔡元培认为青岛市环境好，其优越条件是国内滨海城市少有的，不像上海、天津、广州等要经过一段江河才能抵达大海。他奔走呼吁建立一座研究海洋、宣传海洋知识、推动海洋科学发展的机构。鉴于青岛海产资源丰富，大会决议成立中国海洋研究所，从事海洋生物学研究。在蔡元培的倡议下，中国科学会募集资金在青岛莱阳路进行建设，组建筹备委员会，但由于受到基础条件不足的限制，大会决议先行筹建青岛水族馆。1932年5月，青岛水族馆正式开馆，这是蔡元培为实现祖国海洋梦想迈出的第一步。

青岛水族馆建成之后，蔡元培继续不遗余力地推进海洋研究所的建设工程。1935年4月，太平洋科学协会海洋学组中国分会成立，依托青岛水族馆的有利条件，蔡元培趁此机会建议在青岛设立海洋生物研究室。1935年8月，出于对青岛海洋科研事业的关心，蔡元培又一次来到青岛。此前，蔡元培已经依据太平洋科学协会的决议为在青岛设立海洋生物研究室致函沈鸿烈，希望"市府担任设备费二千五百元，又请每年担任经常费七百元"。蔡元培在信中强调："青岛海产生物研究室得以早日成立，于中国之海产及渔业前途，所关至巨"。1936年冬，青岛海滨生物研究所终于建成，为当时研究山东海洋生物的唯一学术机构。

一幢中国传统宫殿式建筑，中轴对称，为重檐歇山式，上覆黄色琉璃瓦，正脊两端立有鸱吻，边脊列有仙人瑞兽，檐角挂有铜制风铃——这便是青岛海滨生物研究所最初的样子。然而，1937年抗战的爆发和此后青岛的沦陷，致使青岛海滨生物研究所的工作戛然而止。

1938年，青岛海滨生物研究所被日军侵占，并在院内开办山东产业馆。直到1945年抗战胜利后，建筑才由民国政府收回。新中国成立后，山东产业馆与青岛水族馆合并为青岛人民博物馆。其后又更名为"青岛海产博物馆"，并相继建成青岛海洋科技馆、南极馆和淡水生物馆，一直延续着蔡元培先生的海洋科学梦。

在青岛建设海洋科学研究基地，是蔡元培及海洋科学家们的一次成功谋划，他们创造性地为青岛海洋科学事业的发展指明了方向，创造了良好的条件。这背后，蔡元培先生对于青岛的情感，以及付出的大量心血，都深深地融进了这座城市海洋科学事业的血脉之中。

4. 张玺开拓胶州湾海洋生物调查

在无边无底的海洋世界中，生活着数十万种奇特的生物，蕴藏着数以亿万吨计的工业和医药原料。如何才能将这些资源更好地开发利用呢？未来海洋渔业中的捕捞、加工和海水养殖，究竟该怎样进行呢？毫无疑问，解决这些问题的第一步就是进行全面的海洋生物调查。

1935 年 5 月，在北平研究院和青岛市政府的联合组织下，张玺作为团长带领一支胶州湾海产动物采集团来到青岛，展开我国首次海洋动物综合调查——青岛胶州湾海洋生物调查。

柱头虫是介于脊椎动物和无脊椎动物之间的一种动物，对于教学和科学研究都具有很重要的价值，是研究动物进化的重要材料。过去高等院校搞研究都是依靠国外的进口材料，要花费大量人力和财力。在考察队即将出发的时候，北京中法大学生物系主任夏康农教授公开表示："谁要是采集发现柱头虫，就给谁一百块大洋。"受到夏康农教授的鼓励，兴奋的队员们每天都在浅海泥沙中仔细地排查，终于，见习学员马绣同采集到了柱头虫的标本。得知这一事情之后，张玺立即带领队员们进行分析研究，并据此发表了一篇论文，宣布在我国发现了原索动物柱头虫，并且鉴定其为一个新种——黄岛柱头虫，从而结束了在生物学教学上只能引用外国资料的历史。除此之外，这次调查还在胶州湾发现了文昌鱼等大量珍贵的海洋物种。

这次调查持续了两年时间，共进行了四次海上和沿岸的海洋生物调查采集，取得了许多重要的生物标本和数据，很大程度上弥补了我国海洋生物研究的空白和不足，有着深远的开拓性意义。作为我国首次对海洋动物进行的调查和研究，青岛胶州湾海洋生物调查涉及的范围虽仅限胶州湾及其附近海域，但胶州湾的海洋环境和动物区系在我国北部沿海具有代表性。因此，张玺的研究，特别是对一些物种的记载，成为研究我国北部沿海动物区系所必须参考的重要材料，也成为日后研究动物资源变动和进行环境污染对比的宝贵资料。如张玺在 1936 年发表的《胶州湾及其附近海产食用软体动物的研究》一文中，对我国各种食用海产动物种类的名称、形态、生活习性、捕捞或养殖、利用等进行了详尽的叙述。

1937 年，抗日战争爆发，继续研究海洋动物已不可能，张玺不得不放弃对胶州湾海洋生物的调查工作，被迫随北平研究院动物研究所迁往昆明。新中国成立后，张玺与童第周、曾呈奎等老一辈科学家筹建并领导了中国科学院水生生物研究所青岛海洋生物研究室。他对于海洋生物方面的研究，一直持续到 20 世纪 60 年代。

张玺教授后来曾回忆："我们登上甲板，虽然海风较大，但是空气中还夹着相当浓厚的鲜鱼特有的腥味。"漫无边际的大海、刺鼻的腥味、汹涌的海浪、无尽的孤独与寂寞，在这样艰苦的科研环境当中，一代代实干的海洋科学家忍受着身体和心理的双重压力，为海洋科学研究事业费尽心血，也为后来者奠定了良好的研究基础。

5. 观象台参加万国经度测量

在青岛观象山上，巍然耸立着一座纪念碑，这就是青岛万国经度测量纪念碑。这座由青岛特有的花岗岩石雕凿而成的纪念碑，主体高 6 米，靠近顶端镶嵌着一个直径为 1.2 米的黄铜圆球，纪念碑主体背面上部刻有"东经 120 度 19 分，北纬 36 度 04 分"，这便是青岛这座城市的地理坐标。

万国经度测量，是世界天文学界举足轻重的大事，其目的是确定精密的经纬度数值，为最终标注地球上各个地区的准确位置提供支撑。1926 年和 1933 年，有关国家联手，先后进行过两次经度测量。青岛观象台作为中国的唯一代表，全程参加了这两次具有深远历史意义的科学测量活动，中国天文力量首次在国际联合测量中大放光彩。

1925 年 7 月，在国际天文学会的大力倡导下，国际天文学会、国际测绘学会和国际地质学会在英国剑桥召开会议，决定发起组织万国经度联测活动，以求确定一批精确的经度测量点。中国青岛观象台和徐家汇天文台受邀参加联测活动。

1926 年 7 月，当时的青岛观象台台长蒋丙然受命负责主持参加万国经度测量事宜。同年 8 月，青岛观象台向青岛胶澳商埠局呈交了参加测量工作所需购置仪器设备的预算表。时值北洋政府统治时期，国内财政紧张，面对巨额预算，青岛胶澳商埠局局长赵琪犯了难。在听取了蒋丙然、高平子等科学家的汇报之后，赵琪为科学家们科学报国的情怀所打动，为测量活动争取了五千元，用于购置等高仪、无线电发报机、电钟和时辰计等仪器。随后，青岛观象台成立了以高平子为测量主任、宋国模为主测员、徐汇平为助测员的三人测量小组，并决定将观象台的子午仪室定为测量点，观测时间定在 1926 年 10 月 2 日至 11 月 30 日。

然而，测量过程并不是一帆风顺的。由于所定购的等高仪没有运到，只好使用青岛观象台原有的小子午仪和自动计时仪等设备。又因无线电发报机直到 11 月中旬才能运到，因此在此之后的测量结果才被承认有效。但是，测量小组的成员并没有因为仪器设备的老旧而放弃测量，他们克服困难、创造条件，测得结果的误差不超过 0.001。由于测量结果精度较高，万国联测委员会在给青岛观象台的致函中称赞道："贵台所测经度成绩优良，盖为各国所钦佩。"

1933 年，青岛观象台又参加了第二次万国经度联测，同时受邀参加的还有中山大学天文台。1933 年 10 月 1 日至 11 月 30 日，共进行了为期两个月的测量，测量点选在纪念碑正南的平房内。这次测量结果再一次证明了我国天文学研究与实践的实力。

青岛观象台所测得的坐标点，不但是中国最早的，而且是世界联测精度最好的一个基点。青岛参与万国经度测量，为天文学研究和大地测量、绘制地图做出了重大贡献，也在中国现代天文史留下了熠熠闪光的亮点，中国现代天文学从此为世界注目。

6. 莱阳路 28 号

青岛莱阳路 28 号，有一座离海滨不远的二层小楼。入夜之后，从小楼的房间里可以看到小青岛的灯塔一闪一闪。在这里，童第周、曾呈奎和张玺携手创办了中国科学院水生生物研究所青岛海洋生物研究室，开辟了新中国的海洋科学事业。

1949 年 7 月，童第周和曾呈奎两位著名海洋生物学家应邀参加全国自然科学工作者代表会议筹备会，他们向当时负责筹建院所的著名科学家、拟任中国科学院副院长的竺可桢先生陈情："我们国家是一个海洋大国，可我们对海洋的研究太薄弱了，对海洋的了解太少了，建议在科学院里设立全国性的海洋研究机构！"深知海洋对于国家发展重要性的竺可桢当即表示赞成，并积极呼吁筹建海洋研究所。但由于当时我国现代海洋科学发展较慢，力量薄弱，即使是在人员相对较多的海洋生物研究领域，全国也不过三十几位学者。于是，便计划先成立一个海洋生物研究室，以后再逐步扩展研究领域、扩大研究规模。

1950 年 3 月，属于新中国海洋科学的春天终于到来了。竺可桢先生向时任中科院院长郭沫若申请青岛海洋生物研究室的人员编制、地点等，均得到批准。随后，海洋生物学家张玺来到青岛负责具体筹备事宜，并与山东大学协调童第周、曾呈奎二人的工作关系问题。当时两位学者均在山东大学任教，教学任务繁重，且分别任动物学系主任和植物学系主任，都是山东大学的"顶梁柱"。华岗校长爱才心切，不舍两位教授调任，感慨道："两位教授德高望重，山东大学离不开他们啊！"但是新中国的海洋科学事业也急需两位教授"领军"，最后华岗校长只能"忍痛割爱"，同意两位教授到海洋生物研究室工作。但仍需兼任山东大学的系主任，担负教学工作，直至找到继任者。这样，青岛海洋生物研究室以童第周任主任、曾呈奎和张玺任副主任的任命书便顺利下发了。

接下来就是到现场勘查办公与宿舍地点，最后选择了莱阳路28号。1950年8月1日，恰逢中国人民解放军建军节，取海洋科学的研究必将促进海防建设之意，莱阳路28号的中国科学院水生生物研究所青岛海洋生物研究室成立了。

青岛海洋生物研究室急需从北京动物研究所调一批海洋科学工作者来协助研究，但有一些人担心来青岛生活会不习惯，十分犹豫。于是，童第周和曾呈奎便专门为大家打消顾虑："在青岛研究海洋生物具有极好的条件，研究海洋生物一定是要靠海才好，你们到青岛可以'大展拳脚'。我们已经准备好莱阳路的两座楼房作为研究室和标本室，在附近金口路也准备了两座小楼给大家做宿舍。青岛是个好地方，让我们共同努力，将海洋生物研究室办好。"张玺也让大家尽可放心："青岛我已经去过几次了，环境十分优美，又漂亮又凉爽，好像天天都在度假！研究海洋生物，就应该到海滨城市去，再说在青岛还可以时常吃到螃蟹大虾，比北京便宜多了！"科学家们随即安下心来，带着书籍、仪器、标本等来到青岛，投身于海洋生物研究工作中。

青岛海洋生物研究室的成立，掀开了新中国海洋科学研究新的一页。从此，综合性、系统化、规模化的现代海洋科学研究开始有序地展开了。

7. 朱树屏奠基海洋生态学

1946年3月，山东大学水产系筹备工作启动，当务之急便是聘任一位在水产学界有着相当声望和学术造诣的科学家前来掌舵。已在英美海洋科学界取得一系列成就，并以成功研制朱氏人工海水培养液闻名于世的朱树屏成为不二人选。为了祖国的海洋科学事业，1947年，朱树屏归国，成为中国海洋生态学、水产学及湖沼学研究的奠基者。

得知朱树屏即将到任的消息后，山东大学水产系的学生都十分高兴，集体写信一封致朱树屏先生，表达了热切盼望他早日到任的愿望。1947年9月的一天，曾呈奎和二十余名水产系的学生一早便来到码头，不断向海边眺望。十点左右，他们终于见到了期待已久的朱树屏先生，欣喜至极。朱树屏望着这些学生百感交集："我国水产人才太少，山东大学水产系对我国水产事业的发展太重要了，我一定要做下去，这是责无旁贷的事情！"

为了使水产系的教学早日步入正轨，朱树屏到任后将从英国带回来的有关海洋、水产教学方面的书籍，以及一些设备器材一并赠送给水产系。但是这些还远远不够，他不仅结合学校实际情况重新编订了教学大纲，成立了渔捞、养殖、加工三个专业组，还夜以继日地编写浮游生物学、应用湖沼学等多门专业课的教材，并亲自讲授。他的课常常座无虚席，除本系学生以外，连植物系、动物系的学生也被他渊博的学识和生动有趣的讲课方式所打动，纷纷赶来听课。在这里，他们得到了之前从未有过的收获与乐趣。同时，朱树屏还多方聘请到戴立生、王以康、王贻观等多位教授和讲师到水产系任教，充实教师队伍。在他的带领下，水产教育逐步走上正轨。

水产学是一门需要与实践相结合的综合性学科，朱树屏亲自带领学生出海调查，巩固课堂中所学的知识，而不只是纸上谈兵。"工欲善其事，必先利其器"，水产学的教学离不开实验设备。虽然朱树屏此前已经赠送给水产系一些实验设备，但是这还远远不能满足学生实习的需要。所以他在繁重的教学和科研工作以外，还要为增添设备等事不断奔走。当时山东大学的办学经费已经难以支持购入新的设备，唯一增添设备的方法就是寻求善后事业委员会保管委员会的资助和调配。为此，朱树屏致信教育部、农业部、保管处等机构，请求调拨设备。暑假期间，他还亲自去南京、上海等地，同设备负责人当面接洽，动之以情，晓之以理。最终，这位执着、坚毅的水产学家用自己的行动打动了各部委负责人，一批批实验设备、器材调拨了过来。

养殖实验是水产学中一项重要的学习内容。为了拥有自己的养殖场，朱树屏曾多次与农林部商讨，他提出："水产养殖急需一海产养殖场作教学实习及研究之用……请求划定本校附近，胶州湾自团岛角至小港浪坝一带，近海低潮时以内区域为本校水产养殖试验区。"虽然最终因申请海区过大而未得到同意，但这已经为之后的发展规划确定好了努力方向。

一年过去了，朱树屏聘期届满，他呕心沥血创建的山东大学水产系也已初具规模，实现了从零到一的突破，开创了中国最早的高等水产教育事业，培育了中国首批水产专业人才。朱树屏离开青岛时，山东大学水产系全体学生挥泪相送，说道:"创建水产系的巨任，除了老师具有这样勇敢果决与忍辱负重的精神能负担外，别人再也负担不起。我们等待再一次在码头上欢迎我们衷心崇敬的老师。"这便是对朱树屏在山东大学水产系所做努力最好的证明和回馈。

（二）科考船向海壮歌

科学考察船作为海洋考察重器，在海洋调查与海洋研究等方面发挥着不可替代的作用。众多从黄海之滨扬帆出海的科考船，见证了我国海洋科技迅猛发展的光辉历程，满足了国家对海洋资源和权益的重大需求，大幅度提升了我国海洋科技创新水平，为合理开发海洋、利用海洋提供了科学考察的支撑平台。

1. 金星号海洋调查首航

新中国成立初期，党和国家做出了进行海洋调查的重要决策，查清中国海、摸清我国海资源的"家底"，成为当时所有海洋科技工作者努力的目标。在没有专业调查船，只能租用帆船或机帆船在浅海进行粗浅探索的情况下，能够获取的资料十分有限。科技工作者们为此愁眉不展、寝食难安，拥有一艘海洋调查船成为他们当中多数人的梦想，金星号海洋调查船应运而生。

说起金星号海洋调查船，就不能不提到竺可桢。竺可桢是我国海洋考察事业的奠基者，他曾说："如果只是陆上实验室，而没有海洋调查船，就不能对海洋有进一步的了解。"他不辞辛劳地为打造金星号海洋调查船东奔西走，1956年入夏后亲自到青岛调研，查看可改装为调查船的船舶情况。科技工作者们回忆道："常常看到竺可桢先生在烈日下忙碌工作，汗水都已经浸透了他的衣衫，也从不停歇。"同期，国务院科学规划委员会制定了《1956年至1967年国家重点科学技术任务规划及基础科学规划》，将海洋调查列入其中，为海洋科学事业的发展指明了方向，发挥了党的政治保障作用。为了尽快让这一蓝图落地，原交通部首先提供船只和人力，除了选派一批经验丰富的海员随船，为即将展开的海洋调查事业提供技术支持外，还自告奋勇地将一艘美国建造的拖轮"生产三号"无偿调拨给中科院海洋生物研究室。1957年2月，经过上海中华造船厂工人夜以继日的改装后，我国第一艘海洋调查船金星号诞生了。

金星号海洋调查船既已建成，那么由谁来负责其出海调查的事宜呢？1957年6月2日下午三点，竺可桢约童第周、谢鑫鹤、曾呈奎和毛汉礼来北京大学谈论海洋调查一事，最后确定由毛汉礼负责金星号的出海事宜。6月28日，一声汽笛长鸣划破天空，随着烟雾袅袅升起，金星号海洋调查船缓缓驶离青岛港。带着所有科技工作者的期待，金星号驶向遥远蔚蓝的大海，开始对我国渤海及北黄海西部的海洋进行科学、全面的调查工作。在调查过程中，这艘经过缝缝补补组装而成的海洋调查船，在设备条件、技术条件等方面相比于发达国家还是落后的。没有精密的仪器，没有齐全的设备，仪器放置的深浅全凭经验，水温靠肉眼从温度表上读取……但就是在这样艰苦的条件下，海洋科技工作者们对海洋调查的热情却丝毫没有减退。他们系统地搜集了中国近海的海洋观测资料，汇集成我国第一部海洋综合调查报告。

1980年12月，金星号结束了它探索海洋的使命。二十多年时光里，金星号的航迹遍及渤海、黄海、东海，直至冲绳海

金星号海洋综合调查首航合影（郑义芳供图）

槽，帮助海洋科技工作者们搜集了丰富的海洋资料，为我国的海洋科学事业打下了坚实的基础。

2."向阳红05"号的蓝色档案

自"向阳红01"号海洋调查船载入共和国的蓝色档案后，"向阳红"系列调查船便相继出现在海面上。其中最动人心弦的便是"向阳红05"号的故事。

1976年3月27日，为了做好洲际导弹发射试验的前期准备工作，"向阳红05"号和"向阳红11"号海洋调查船组成我国第一次远洋调查船队，在南太平洋的广阔海域成功进行了我国首次远洋科学调查。

1976年3月28日，天刚蒙蒙亮，船员们整装待发。伴随着一声声清脆入耳的铃声，"向阳红05"号起锚，缓缓离开祖国母亲的怀抱，驶向南太平洋。这次行动是高度保密的，因为洲际导弹试验的消息一旦走漏，必将引起美军的警惕，采取行动遏制中国发展。所以，"向阳红05"号面临的第一个挑战便是秘密闯出由阿留申群岛、千岛群岛、日本群岛、菲律宾群岛等岛屿组成的第一岛链。但第一岛链区被美日两国"无死角"监测着，海上有航母、潜艇、侦察船，天上有飞机、卫星、雷达，"向阳红05"号如何才能平安通过并且不被发现呢？这让总指挥高文府一筹莫展。同时，他又收到一封来自气象局的紧急电报，电报中说，目前"向阳红05"号所处的海域将出现特大台风，需要加紧回避。高文府盯着这份电报陷入了沉思，突然脑子里灵光一现："不对，不对，这可能是穿越第一岛链的唯一机会，即将出现的台风大雨天气如此恶劣，美日两国的军舰想必不会出海，飞机也会暂时停止巡航。'向阳红05'号之前可是一艘可以抵御十二级台风的货轮，想必可以经受得住台风的考验，我们与其一直漂在海上瞻前顾后，不如勇敢一搏。"于是，他下达了突破第一岛链区的紧急命令。

4月11日晚，船员们的心提到了嗓子眼，紧盯着前方海域。总指挥发信号说："现在已经进入第一岛链区航行了，请大家做好准备，注意船只安全。"在没有检测到周围有船只或飞机的情况下，"向阳红05"号以最大马力航行，冲出第一岛链，驶向了天气环境更为恶劣的太平洋海域。海上风雨交加，仿佛要把整个船只撕裂，狂风掀起阵阵巨浪，"向阳红05"号在巨浪的拍打下左右摇晃，已经接近船只安全航行的极限了。船员们知道，在这样的天气情况下，船只随时都有沉没的危险，他们的心跟随着摇晃的船体七上八下。船长室里，高文府紧紧抓着扶手，目不转睛地盯着窗外的海面，眼神坚定，心想："我必须保证所有人员和仪器的安全，必须保证海洋调查的顺利进行。"

一个多小时后，翻腾的海面逐渐平静下来，船员们晃动的身体也逐渐平稳，大家悬着的心终于落了地。4月12日，清晨的一缕阳光洒向海面，"向阳红05"号终于突破了封锁新中国海洋梦的第一岛链。船员们鸣起汽笛，用海军礼仪纪念着这不平凡的首航。首航的一百多天里，科研人员提供了六万组一手实验数据，为新中国试射洲际导弹提供了预选靶场区域。

"向阳红 05"号（盖广生供图）

就在"向阳红 05"号顺利返航的第五天，科研人员们收到了 6 号台风位于返航航线上的气象通知。大家顾虑重重，一方面想要规避台风，保障人员、财产安全；一方面又清楚地知道，海浪越大，能够得到的资料就越珍贵。在听到船长马荣典下令"追台风"后，没有任何一个人反对。但就在这时，有科研人员听到主机出现了异常的声音，大家的心又悬了起来。一旦主机出现问题，船只能否安全回港都成问题。船只机舱有六千多平方米，温度达四十多度，到底是哪里出现了问题？区机电长带领大家爬上爬下，摸着一条条管道，很快就找到了故障所在，及时处理了问题。准备充足后，"向阳红 05"号毅然冲向台风区，科研人员冒着生命危险，获取了台风发生区的珍贵资料。五个小时后，"向阳红 05"号终于安全离开台风区，驶上了平稳的归港之路。

"向阳红 05"号走过了三年的海上漂泊历程，四次远赴南太平洋完成海洋科考任务。随着科技的进步，"向阳红"系列海洋调查船的设施也逐步完善，带领我国科技人员走向了更远、更深的海洋。

3. "雪龙"号南极救援

2013 年，中国迎来了第三十次南极科学考察。在此次考察中，"雪龙"号是我国用于极区科学考察的唯一一艘功能齐全的破冰船。本次"雪龙"号肩负着赴南极科学考察的任务，并要在南极建立中国第四个科学考察站——泰山站，同时还要为长城站、中山站进行人员替换和物资补给。但万万没想到，比执行这些重任更令人忘怀的是它所参与的惊心动魄的海事救援工作。

2013 年 11 月 7 日，在中国极地考察国内基地上海码头，"雪龙"号南极科学考察船整装待发。码头上，人声鼎沸，鼓乐齐鸣。10 时 30 分，一阵清脆的启航铃在空中响起，主机轰隆隆地启动了。"雪龙"号缓缓驶离码头，中国第三十次南极科学考察队开启了新的科考征程。

12 月，在完成中山站的补给和普里兹湾的考察后，"雪龙"号继续执行任务，前往罗斯海沿岸的维多利亚地开展建站考察。12 月 25 日清晨六时左右，"雪龙"号船如往常一样，按部就班的以每小时十五海里的速度向东航行。突然，挂在驾驶台左方背壁上的一台甚高频电话发出非同寻常的信号："Mayday！Mayday！ Mayday！"呼叫声十分紧急且嘈杂，值班驾驶员瞬间明白这是一通不平常的电话，立马大步跨向前，抓起电话说道："我是中国'雪龙'号……"在了解到这是一则来自俄罗斯"绍卡利斯基院士"号的海事求救信息后，驾驶员紧接着拨通船长室的电话，将信息迅速准确地传达给船长和考察队领队，并进一步请示上级。上级指挥机关在问明情况后，立即表明："同意前往，实行救助！"上午10时，王建忠船长火速发报回复："我船已转向，全速前往遇险海域救援。请保持联系！"很快，俄罗斯船长回复道："感谢'雪龙'号，感谢中国！"与此同时，俄罗斯船遇险海域附近，澳大利亚的"南极光"号、法国"星盘"号破冰船也正在赶往出事海域参加救援。

然而，屋漏偏逢连夜雨，正在全力赶往遇险海域的途中，国家海洋环境预报中心传来一个紧急消息：一个强大的西风带气旋正在横扫"雪龙"号航行的海域，且气旋中心最大风力高达11级。以往遇到这种恶劣天气，"雪龙"号都会选择避开，

"雪龙"号（盖广生供图）

但这次却不同寻常。为了节省时间不耽误救援，"雪龙"号毅然决定"抄近道"，从气旋中心穿过。27日下午，"雪龙"号顶风而上，在11级大风下，船身十分剧烈地摇晃着。面对危急情况，早已有心理准备的船长王建忠迎难而上，努力调整着航向，最终有惊无险，在剧烈颠簸中奋力冲出了气旋中心，直奔"绍卡利斯基院士"号遇险地点。27日晚，"雪龙"号船到达遇险海域，奈何天公不作美，好不容易行驶至距离俄罗斯船6.1海里时，却受到冰山阻拦。直至28日上午，"雪龙"号附近海域的浮冰还在持续聚集堆积。正在众人商讨对策时，坏消息接踵而至。原本要一同赶来的法国破冰船在突击破冰时不幸损伤了机器，只能解除救援任务，只剩澳大利亚船并肩作战。"绍卡利斯基院士"号如同一片单薄的落叶，形单影只地困在白色的冰原上，无情的浮冰不断在它周围聚拢、冻结。形势不容退缩，"雪龙"号一马当先，最先靠近"绍卡利斯基院士"号，派出直升机成功救出五十二名乘客。然而，天有不测风云，受南极天气急剧变化的影响，考察队和"雪龙"号被困在厚厚的浮冰中。面对如此危急局势，众人镇定自若，积极设法摆脱险境，始终没有发出求救信号。经过四天的坚持不懈的共同努力，全体科考队员凭借顽强的毅力和精湛的技术，奇迹般地突破了海冰的围困，"雪龙"号成功自救脱险。

国外媒体争先恐后地报道这次南极救援，称此次惊心动魄的救援行动犹如一部"好莱坞大片"，是一次成功的国际合作，并盛赞"雪龙"号是让中国人自豪的英雄。

4. "科学"号十跨赤道

2012年9月29日，金风送爽，云淡风轻，一抹绚烂的"中国红"缓缓停靠在青岛奥帆中心码头。这便是"科学"号海洋科学考察船，它同碧海蓝天、岸畔楼宇共同勾勒出一幅色彩鲜艳的油画。

"科学"号被誉为海洋上的"移动实验室"，处处彰显着科学创新精神。那么这样的一艘船是如何被建造出来的？它帮助海洋科学工作者做了些什么？海洋科学工作者在"科学"号上又有怎样的经历？

2007年，国家决心投资5.5亿元人民币建设一艘国际一流的科考船。2010年，寄托了几代海洋人心血的新船建设终于开工了。经过两年的辛勤努力，2012年"科学"号建成并投入使用。十年来，"科学"号共完成十次跨赤道科考，可谓步步艰辛。

"科学"号第一次跨越赤道，完成西太平洋潜标的布放任务时，潜标系统曾突然出现故障，只能派两名水手驾着"一叶扁舟"在海面上漫无目的地寻找。这时突然大风过境，把海浪卷得很高，大浪过后，两名水手连"科学"号都找不到了。幸亏最后有惊无险，成功将潜标找到，检查后重新布放。

科研人员一旦出海，便会在大海上漂泊数月，娱乐方式又十分受限，所以大家都想方设法地苦中作乐。比如有人在甲板上搭建澡盆邀请大家去泡澡，人们还通过举行穿越赤道庆祝仪式的方式来鼓舞士气。"科学"号上常规的跨赤道仪式包含升国旗、鸣汽笛、合影留念、颁发跨越赤道证书等流程，但有些时也会举行一些特殊的仪式。比如，在 2015 年，"科学"号跨赤道时正值中秋，船员们就制作了一个赤道门，左右两边分别写着"高高兴兴过赤道""欢欢喜喜迎中秋"。还有一些船员会别出心裁地把自己穿过的鞋子放在赤道两侧，意味着两只脚分别踩在南、北半球上，开玩笑道："咱们都是走南闯北的人了！"

当船只停留在赤道附近进行科学考察时，由于处于无风带，风浪较小，科研人员终于可以在茫茫大海上睡一个安稳觉了。但是，赤道附近的阳光毒辣辣的，白天阳光直射在甲板上，温度甚至可能超过七十摄氏度。在这种恶劣的工作环境下，科考队员也必须硬着头皮完成调查任务。

"科学"号（中国海洋大学供图）

"科学"号海洋科考船作为中国划时代的海洋综合考察船，承载着几代科学工作者的梦想，完成了"下得去，看得清，采得上，测得准"的目标。

5. 深潜"蛟龙"号安家青岛

"我们的潜航员驾驶着我国自主研制的深潜器，在大洋深处航行，带回各种矿物资源、前所未见的物种，造福我们的社会和人民。"这是"蛟龙"号总设计师徐芑南脑中常常想象的画面。他一生淡泊名利，一心想为国家做出潜水器，他曾感慨道："等到我想象中的画面实现的那一天，我觉得我的使命可以算完成了。"

在可借鉴资料匮乏、技术落后的时代，要实现探索海洋深度从六百米到七千米的跨越，确保深度载人潜水器可以"下得去，能干活，上得来，保安全"，需要科研人员们攻克无数个技术难关。而摆在总设计师徐芑南面前的则是一个更加沉重的担子，他谈道："一个潜水器有十二个分系统，即使每个分系统都做得很好，放在一起却未必能拼成一个性能优良的潜水器。各个系统之间一定要相互配合，相辅相成才行。"所以，他不仅要做好顶层设计，还要保证各合作单位之间的相互配合。

当时，"蛟龙"号的设计团队人员青黄不接，徐芑南为了培养这群"毛头小子"，要花费不少心思。他不仅将自己多年的经验知识倾囊相授，还想方设法邀请国内外专家给这些年轻的设计者们讲课。当时团队里一位年轻人这样评价道："总师既是严父，又是慈母。从未见过他发火，对我们非常有耐心。"这样，一支由老将挂帅，但又十分年轻的"蛟龙"号团队便组建而成了。在设计过程中，一批批年轻人不断成长起来，最终成为团队中的核心力量。在"老将"徐芑南的带领下，2009年"蛟龙"号载人深海潜水器成功问世，并多次执行下潜任务。从海试阶段到试验性应用阶段，从浅海不断走向深海，南海、西北太平洋，以及西南印度洋等海域，都留下了"蛟龙"号探险的"身影"。

2012年7月16日，青岛奥帆中心人头攒动，所有人都把目光聚集到了顺利完成七千米深潜任务后返回青岛港的"蛟龙"号上。但是，人们可能不知道这艘"蛟龙"号深潜器即将同这座"蓝色城市"紧密联系在一起。国家深海基地管理中

"蛟龙"号（盖广生供图）

心主任刘宝华提出："要把国家深海基地建为国内深海科学研究、深海技术装备的试验、研发提供面向全国的全开放的公共平台。"而国家深海基地就选址在青岛即墨鳌山湾。

2015年3月17日上午，"向阳红09"号船搭载着"蛟龙"号缓缓停靠在国家深海基地码头，这标志着"蛟龙"号正式"安家"青岛。

"蛟龙"号设计团队十余年磨一剑，实现了我国七千米深海载人潜水器从无到有的跨越，标志着我国深海载人科学研究已经达到了国际领先水平。其研究团队不仅对我国深海资源的开发与利用做出了突出贡献，书写了我国载人潜水的辉煌篇章，也对世界深海载人潜水器的发展，以及深海资源的开发与利用产生了深远影响。

6. "东方红"号系列——行走的课堂

海洋科学是一门实践性很强的学科，而海洋调查船就是撬动海洋科学的支点。"工欲善其事，必先利其器"，没有调查船，对海洋人才的培养不过是纸上谈兵。在赫崇本等海洋科学家的努力下，山东海洋学院（中国海洋大学前身）终于也拥有了自己的调查船。

新中国成立初期，我国的海洋科学还相对落后。"山东海洋学院一定要建造一艘自己的海洋调查船！"这句话常常回荡在赫崇本的脑海中，为此他常常无法安睡，食不知味。他坚信我国的海洋调查船必会在不久的将来诞生，于是便开始精心制作模型。经过无数个日日夜夜的奋斗，我国第一艘海洋调查船模型被摆在了海洋馆的大厅内，它承载着初期海洋科学家们的夙愿，扬帆起航。

1959 年 5 月，赫崇本先生应邀参加全国海洋普查工作会议，向国家科委副主任武衡讲述了建造一艘海洋调查船的迫切性。直到有一天，赫崇本桌上的电话突然响了起来，电话那头通知，国家计委同意了海洋学院建造海洋调查船的申请。这让他喜上眉梢，但随之而来的便是海洋调查船设计过程中所面临的种种困难。

怎么进行海洋调查船的设计呢？赫崇本另辟蹊径，决定走一条"中国式道路"。即由双方共同协商，先由山东海洋学院向设计院提出设想，设计单位再以此为基础进行适当的修改。赫崇本等人为了"设计初稿"绞尽脑汁，追求完美，大到船的动力，小到师生们的住舱床位，处处都要集思广益，彻夜不眠地进行讨论。在遇到一些无法确定的问题时，赫先生常常急得像热锅上的蚂蚁，夜不能寐，边在院子里边抽烟，边来回不停地踱步。侯连三关心地说道："老赫啊，不要着急，会累倒的。今天问题解决不了，明天再说嘛！"在所有人的共同努力下，初稿终于拿了出来，并为这艘海洋调查船起名为"东方红"。

赫崇本拿着一摞精细的初稿去向教育部部长申请经费，得到了极大的鼓励与肯定："八百万就八百万，我们就这么一个海洋学院，为了我国的海洋事业，海洋调查船非造不可。"这让他再一次热泪盈眶。

但就在大家以为建造海洋调查船的事情就此尘埃落定的时

候，却被通知因国家经济困难，这件事只能暂且搁置。这让赫崇本刚刚放下的心再一次悬了起来。他立马赶赴北京，向海军司令员寻求支持，使得处于流产边缘的"东方红"号海洋调查船被再次提上了议程。赫崇本怀着激动的心情前往上海沪东造船厂，山东海洋学院副院长侯连三亲自指挥建造，与船厂的工人们共同解决出现的问题。除了调查船的建造，船上的许多调查设备和配件都需要先进行试制，大家又一致推荐赫崇本先生。他曾开玩笑说："我要是有孙悟空的本事就好了，拔几根毛，仙气一吹，就可以变出很多个我了。"

不知不觉中，度过了五个春秋。在大家共同的努力下，1965年1月20日，由我国自行设计、建造的"东方红"号下水了，一条曲折的海洋探险之路由此展开。在其后三十多年的工作生涯里，"东方红"号不辱使命，带领我国早期海洋科技工作者完成了许多教学和科研任务。后来的中国海洋大学又投入使用了"东方红2"号和"东方红3"号海洋调查船，在培养我

"东方红3"号（中国海洋大学供图）

国海洋人才方面发挥着至关重要的作用。

（三）众院士谋海济国

开发大海这座"蓝色宝库"是中国海洋强国战略的重要组成部分，也是推动海洋科技实现高水平自立自强的重要路径。面对深海大洋，众多院士敢为人先，潜心研究，不断攻坚克难，取得了许多首创性成果，解决了众多重大难题，推动了中国海洋科技的发展，为中国建设海洋强国做出了巨大贡献。

1. 曾呈奎的海带施肥罐

作为一种经济性海藻，海带在今天人们的日常生活中稀松平常，人们餐桌上常见"海带排骨汤""凉拌海带丝"，工业中的海带制碘应用也十分广泛。但在七十年前，海带的大规模近海养殖之路却历经千难万险，育苗问题、施肥问题、南移问题等，个个都是不易攻克的难关。其中颇具传奇色彩的，是"海藻之父"曾呈奎院士受农户启发发明施肥罐的故事。

中国沿海地区的自然条件并不适合海带生长，在大规模人工养殖海带之前，中国市场上的海带主要从日本、朝鲜等地进口。1927 年，日本船员在大连湾无意间发现了自然生长的海带幼苗，从而将海带养殖技术引入中国。但是，受战争形势影响，大连湾的海带养殖始终被日本殖民当局控制。直到1946年，中共设立大连水产养殖处，才正式接管了这笔日本败退遗留下的海带"遗产"。

海带施肥陶罐（马树华摄）

经历了四年的生产恢复，彼时的海带已成功移植到大连与烟台、威海等地多处海域，但仍然依赖自然生长繁育，海带种植常常劳而不获。20世纪50年代，随着全国海洋水产研究与养殖力量逐渐向青岛汇聚，青岛的海洋科技力量空前强大，海带也成功被移植到青岛中港、前海等海域。然而，正当大家都沉浸在建立大规模海带养殖基地的畅想当中时，各地海带却相继腐烂殆尽，日本专家大槻洋四郎的养殖方法宣告失败。在总结失败经验时，大槻洋四郎提出了贫区养海带的施肥问题，以及海带养殖的施肥方法。1953年，曾呈奎带领中国科学院海洋生物研究所的科研人员进行了海带施肥养殖试验。但是由于未能掌握海带的生长条件，加之施肥速度过快，这次施肥试验还是失败了。

大家又一次陷入了迷茫当中，到底怎样才能控制海带施肥的速度呢？北方冬天的夜晚寒冷而漫长，一天晚上，还在农户家工作的曾呈奎突然注意到角落里放置的陶制痰盂。这痰盂看起来有些年头了，外面早已被尿渍析出的白色盐斑包裹。"对啊！我怎么没想到呢！就用陶罐！"在提出控制肥料扩散、进行局部施肥的理论后，曾呈奎便组织科研人员在筏上展开施肥试验，在陶罐内盛钾肥海水溶液，用于控制肥料析出的速度。经过漫长的试验，终于在 1955 年，施肥养殖的海带达到商品标准，收效理想。

曾呈奎"陶罐施肥法"的应用，不仅实现了海带产量的稳定增长，也使海带在更广阔的海域进行养殖成为可能。

2. 赵法箴的育苗绝技

对虾，学名"东方对虾"，又称"中国对虾"。海洋中硕大肥美的对虾陆续进入内陆人的餐桌，成为许多内陆人对海产品最初的记忆。那么这种虾为什么叫对虾呢？实际上，这是由于对虾个头大，过去在北方市场上常以"一对"为单位来计算出售，故而得名"对虾"。

在国内大规模人工养殖对虾前，我国对虾主要依赖渤海湾的渔船捕捞。海上的作业条件和环境都极不稳定，稍有灾害发生，对渔民造成的生产和生活损失都是巨大的。加之海上捕捞对虾的数量有限，对虾产量无法满足人们的食用需求，因此人工养殖对虾的研究工作变得刻不容缓。

1958 年，山东大学水产系毕业的赵法箴被分配到黄海水产研究所工作。1959 年，赵法箴便参与了"对虾发育条件及其苗种的人工培育研究"工作。要想养好对虾，第一步就是要攻克"育苗技术"的难关。因为对虾产卵在夜间进行，需要天天熬夜，而白天又需要观察虾卵发育情况。赵法箴不仅白天要顶着炎炎烈日进行观察，夜间还要忍受蚊子、跳蚤的折磨。面对这种艰苦的环境，他没有退缩，迎难而上。经过连续多日的通宵达旦，他详尽地描绘并阐述了中国对虾幼体的发育形态特征。此外，他和同事们还进一步研究了对虾的生殖习性、性腺发育规律、胚胎发育、幼体发育生态，以及对虾的生活习性同环境条件的关系等，取得了诸多研究成果，并于当年成功培养出了我国第一批人工虾苗。

　　20 世纪 60 至 70 年代，赵法箴一直坚持对虾人工育苗技术的更新，开始了对"对虾池养试验及其养殖方法"和"对虾人工育苗及精养高产技术"等一系列课题的研究。令他没有想到的是，这些研究将会对对虾工厂化育苗产生深远的影响。

　　为适应社会的发展和人民生活水平的提高，也为保护海洋生物资源，赵法箴在 1979 年的全国对虾养殖工作会议上详细论证了搞工厂化育苗的重要性和可行性。20 世纪 80 年代初期，他开始主持"对虾工厂化全人工育苗技术"国家项目的技术攻关，两年内便实现了工厂化全人工育苗的目标。赵法箴提出的工厂化育苗技术很快在全国沿海地区得到推广和应用，全国对虾产量大大提高。由此，我国成为世界上人工育苗量最高的国家之一，对虾养殖业快速发展，成为我国海水养殖业的支柱产业，也掀起了我国海水养殖的第二次浪潮。这项技术也从根本上解除了我国长期以来对捕捞天然虾苗的依赖。

"深入科研第一线，开展科学实验，为生产服务"，这是赵法箴院士一生追求的信念。从第一批人工虾苗，到大规模工厂化育苗，他以亲身实践丰富了对虾养殖的理论和技术。在赵法箴院士的带领下，我国系统开展了对虾苗种繁育、遗传育种、养殖模式，以及营养饲料、病害防治等领域的研究，构架起了符合我国国情的对虾育苗技术体系，造就了大批以对虾养殖为主体的养殖产业群，推动、引领了新一轮的海水养殖浪潮。

3. 张福绥耕海牧贝

有这样一句话在胶东广为流传："吃海带不忘曾呈奎，吃扇贝不忘张福绥。"古人有言："食干贝，三天不知鸡虾味。"扇贝的贝柱就是干贝，是"海中八珍"之一。早先，别说寻常百姓吃不到、吃不起，即使作为国宴食材也一度要靠进口。让扇贝从稀有的"海中八珍"走上寻常百姓的餐桌的，是素有"扇贝之父"之称的中国工程院院士张福绥教授。他主持的"海湾扇贝引种、育苗、养殖研究及应用"研究课题，直接引发了我国海水养殖业的第三次浪潮。

20 世纪 70 年代初，消费者日常生活必需的鸡、鱼、肉、蛋都很难买到，更别说海产品了。当时就任于中国科学院海洋生物研究室的张福绥研究员，毅然决定从海洋动物地理学贝类分类区系研究转向与贝类养殖有关的项目研究。他首先开始参与的是与贻贝养殖有关的研究项目。为解决贻贝苗源问题，他通过试验研究创建的生产性育苗技术，证明了通过人工育苗发展贻贝养殖的可能性。随着育苗技术的改进与发展，每立方米水体育苗单产达到了一千万粒以上，创世界最高水平，从而建立了完整的人工育苗技术体系。后来，又创建了贻贝自然采苗场技术，据此开发利用了山东沿岸贻贝自然苗源，促进了贻贝养殖的迅速发展。1977年仅山东产量即达五万吨，贻贝成为当时全国海水养殖的支柱产业，20世纪80年代末产量跃居世界第一位。

贻贝养殖的技术问题解决后，我国固有的栉孔扇贝的养殖发展又遭遇瓶颈。黄海、渤海海域的浅海养殖出现了扇贝养殖种类匮乏、效益低下等问题，许多海水养殖场在生产上无所适从，海水养殖扇贝进退维谷。为走出当时的困境，巩固海水养殖业，张福绥课题组将目光投向了对扇贝生物学及其引种、养殖的研究。他们决定引进海湾扇贝，以求通过缩短养殖周期来降低养殖成本，促进扇贝养殖业的发展。1982年12月，张福绥团队成功引进26个美国大西洋沿岸海湾扇贝的亲贝。然而实际情况比看起来曲折得多，1982年12月16日，张福绥带着128只扇贝从美国出发。出发前先用浸透海水的纸包好这批扇贝，盛于密闭的泡沫塑料盒内，再放进降温袋。18日晚十二时抵北京后，立即浸入海水中。次日下午按原法包装，乘火车于20日晨带到青岛，途中经历约六十个小时。至23日，这批扇贝死亡率累计高达72.7%。至1983年1月26日，128只扇贝仅剩26只。张福绥后来回忆道："当时的26只扇贝，真的比生命还宝贵。"

为了照顾好这26只扇贝，张福绥和课题组的同事们吃在研究室、住在研究室，没日没夜，更没有节假日。大家被这远道而来的26只"宝贝"折腾得精疲力尽，一双双疲惫的眼睛，紧张地等待着小扇贝的诞生。不负众望，一个多月以后，小贝苗终于在中国诞生了。那一刻，大家忘记了先前的辛苦疲劳，一起欢呼庆贺。1983年春，在研究组成员们的不懈努力下，共培育出近一万粒苗，并于1983年至1984年在胶州湾进行养殖试验。试验成功后，1986年通过办技术培训班向全国推广，并纳入国家星火计划。至1988年，在黄海、渤海的山东、辽宁，以及河北沿岸共养殖两万亩，总产量达五万吨以上。至此，我国真正形成了一种新的海水养殖产业，产量约为美国平均年采捕量的五倍。

成就面前，张福绥也未放弃研究。20世纪90年代，为了解决海湾扇贝长期人工育苗所导致的遗传衰退问题，他又开展了引种复壮的研究。1994年，我国扇贝养殖产量约二十万吨，至2000年，我国海湾扇贝养殖累计产量达三百三十万吨，产值约一百三十亿元。这位与扇贝打了一辈子交道的科学家，用自己的智慧和汗水丰富了中国人的美食世界。

4. 雷霁霖育多宝鱼圆梦

"我这辈子最高兴的时刻，就是看见一颗受精卵变成一条稚鱼，一个月后，又长成一条小鱼，就像一个两三岁的小宝宝，虽然什么也不懂，但咿呀学语，活蹦乱跳，那种优美的体态总是让人百看不厌。"每当说起大菱鲆时，"大菱鲆之父"雷霁霖院士总是抑制不住内心的喜悦。

20世纪50年代末，中国北方海水鱼类养殖业还非常落后。刚刚从山东大学生物系毕业的雷霁霖，一心想把鱼类养殖业做大做强。刚到水产研究所上班的第九天，他就带着"三大件"（尺子、秤和放大镜），开始了每天蹲点海边的实验生活。当时的研究条件和环境都比不上现在，用他的话来说："能搞一个缸给你做实验就不错了"。但是，没有条件也得创造条件。雷霁霖以前工作的中国水产科学研究院黄海水产研究所离青岛水族馆很近，于是他便利用水族馆现成的设备搞研究。

1976年，已经在青岛生活了二十二年的雷霁霖发现，我国北方沿海因为冬春季水温低，许多肉食性、温水性和暖水性鱼类都无法进行大规模人工养殖。而产于欧洲相同纬度的大菱鲆则可以克服这个缺点，它不仅肉质鲜美、性格温顺，而且能在低温海水中生长。然而，大菱鲆是欧洲人花十几年时间才培育出来的优良养殖品种，它的养殖育种技术都属于保密专利，购买这项专利至少需要花上六十万美元。于是，雷霁霖决定从英国购买鱼苗，自己养殖育种。

1992年，与雷霁霖通信多年的英国大菱鲆研究专家豪威尔博士终于带着二百尾鱼苗来到中国，免费送给雷霁霖做研究。"老雷那天高兴得都哭了。"雷霁霖的老伴回忆道。然而，科研之路往往不是一帆风顺的，一次失误，差点毁了他所有的研究心血。1995年，通过雷霁霖的悉心养殖，二百尾鱼苗顺利养成亲鱼，并繁殖出十二万尾鱼苗。正当雷霁霖沉浸在喜悦中时，不料一场巨大的灾难突然降临。由于锅炉工的一次失误，鱼池的水温被加热到了三十多摄氏度，导致大部分鱼苗没能存活下来。"我眼睁睁地看着那些可爱的鱼苗被'煮'死了，当时我的精神几乎崩溃，一头栽倒在地，被送到医院抢救才醒过来。"在之后的养殖过程中，雷霁霖仍然经常遭受挫折，直到他"温室大棚＋深井海水"的工厂化养殖模式试验成功，才最终攻克了大菱鲆人工繁育的难题。

然而，大菱鲆养殖实验成功后，并没有得到市场的认可，大批鱼苗只能养在实验基地里无人问津。养殖模式的成功只是第一步，如何进行推广才是真正的难题。正当雷霁霖为开拓市场而发愁的时候，转机出现了。1999 年，以前搞贝类养殖的莱州市朱旺村渔民滕家麟，因产业不景气，想找一条新的出路。他在雷霁霖的实验基地里反复看了多次，十分看好大菱鲆的养殖前景，最终决心要养大菱鲆。两个月后，滕家麟又来购买鱼苗，并告诉雷霁霖："我从来没见过长得这么快的鱼！"渐渐的，附近的渔民也开始养殖大菱鲆，最好的时候，一尾鱼苗能卖到三十七元，一斤鱼肉则能卖到两百多元。随后，大菱鲆开始进入广州市场。由于当时的广州经销商错把"大菱鲆"写成"大连鲆"，鱼摆在市场里根本无人问津。雷霁霖得知后立即予以正名。后来，聪明的经销商又打电话询问大菱鲆的英文名，最后，他和雷霁霖从"Turbot"的音译中得到灵感，才有了今天我们常说的"多宝鱼"。1999 年之后，多宝鱼的养殖规模逐渐扩大，最终成为能够带动全国年产值高达四十五亿的产业群。

"攀登者智勇双全，探索者不畏艰险，创新者孜孜不倦，成功和胜利就在眼前。"作为大菱鲆的引进者、研究者和推广者，雷霁霖把近半个世纪的心血和精力都奉献给了他所热爱的科研事业，让中国多宝鱼驰名海外。

5. 文圣常情系海浪矢志深蓝

海浪，在浩瀚大海上演绎着这颗蓝色星球上最绚丽的舞蹈。回望我国海浪研究所走过的道路，其诸多成就的背后无不凝结着我国海浪研究开拓者文圣常院士的辛勤耕耘。浩海求索，矢志深蓝，六十年来，他用自己的智慧与汗水，谱写出一曲属于海浪与大海的华丽乐章。文圣常的海浪情缘，还要从他的一次出海际遇说起。

1946年，刚从武汉大学机械工程学专业毕业的文圣常由于优异的成绩和流利的英语，获得了去往美国航空机械学校进修的机会。刚登上航船的那一天，对海洋思慕已久的文圣常兴奋不已，这是他第一次见到大海。他站在甲板上，看着浑浊的江水逐渐变为浅黄、浅绿、浅蓝，直至深蓝。他的心也随着颜色的变化跳进了那一片深蓝之中。他喜欢上了站在甲板上的感觉——随着大海的舞蹈摇晃，海风的呼啸和海鸥的鸣叫成为壮丽的舞蹈配乐，令人心神俱醉。这艘万吨巨轮在海洋面前，不正像一片树叶般随波漂浮吗？刹那间，学机械的他抓住一丝灵光。滚滚波涛拥有如此巨大的能量，又何尝不是一种取之不尽用之不竭的资源呢？从天空到海洋，从工科到理科，文圣常这个"荒唐"的念头，成为他人生的转折点。经过四十余天的漂泊，文圣常横跨太平洋到达美国。在艰苦的求学过程中，他念念不忘海浪绚丽的舞姿。结合专业知识，他决心设计一种依托海浪能量的动力装置，去叩开海浪研究的大门。

一年时间匆匆过去，回国的日子已然来临。然而，即将回国的他却陷入了迷茫：一边是唾手可得的工程师职务，另一边是自己心心念念的海浪研究；一边是稳定的工作，另一边是可能成为笑柄的目标。该如何选择？1947年2月，文圣常站上了回国游轮的甲板上，看着蔚蓝的大海，看着这场声势浩大的绚丽歌舞，他下定决心——研究海浪，矢志深蓝！

回国后，为了寻找理想的海浪研究场所，文圣常多方打听国内的海洋科研机构，但迟迟没有回音。1953年，正值山东大学海洋学系建立之际，系主任赫崇本求贤若渴，力邀文圣常到校执教，研究海浪。就这样，文圣常初遇青岛。第一次抵达青岛的他激动不已，红瓦绿树、碧海蓝天，这怡人的景色，这临海的地理优势，不正是研究海浪的绝佳之地吗？文圣常来到青岛，正如鱼儿游入大海一般，他在这座城市中耕海踏浪，与海浪一起翩翩起舞。

文圣常干劲十足，他开始承担起海浪研究的科研工作。之前从事工科研究的他，现在要转向海洋这一偏理科的领域，困难接踵而至，知识储备略显不足。于是他开始给自己制定严格的自学和补习计划，恶补相关知识，并阅读了大量俄文、英文书籍。那段时间里，他甚至比大学期间还要努力。他也没有忘记初次登上游轮时的想法，利用课余时间到青岛汇泉湾做海浪能量转化实验，并于 1953 年发表了我国第一篇探讨海浪能量利用的文章。随着实验的进一步推进，又一个巨大的困难横亘在文圣常的面前，他发现在没有理论支撑的情况下研究海浪能量的开发是不现实的。苦苦思索后，他决定调整方向，从事更为困难的海洋理论研究。

在 20 世纪 50 至 60 年代，海浪研究在全球范围内还是一个很新的领域。由于西方国家的封锁，我国获取海浪研究科学文献的渠道几乎被完全阻断。在这样的背景下，文圣常却不惧困难，他开始积极动员同事和山东海洋学院的毕业生，组建了一个团队，开启了耕海踏浪的新征程。于是，在青岛鱼山路 5 号的实验室中，文圣常和团队开始日夜奋战，勇攀科研高峰。功夫不负有心人，文圣常的深蓝梦想终于在 1960 年迎来了第一次收获。文圣常偶然发现当时国际上比较流行的两种研究方法都存在明显的不足，于是他结合专业所学，大胆假设，小心求证，最终发表了《普遍风浪谱及其应用》一文。同时，他也对当时学术界涌浪计算的权威提出疑问和挑战，撰写了《涌浪谱》一文。这两项成果为中国海浪研究赢得了国际性的荣誉，"普遍风浪谱"更被业内尊称为"文氏风浪谱"。就这样，文圣常终于撰写出了大海舞蹈的华丽乐章。

风浪谱的成功发表，让文圣常更加坚定了浩海求索、报效国家的决心。在此后的数十年间，他全身心投入中国的海洋研究和海洋事业中，多次临危受命，承担起国家重大科研课题，并在海浪谱、海浪预报等多个领域留下了丰硕的成果。从英俊少年到耄耋老人，从揭开浪海的面纱到撰写海浪的曲谱，文圣常用一生的时光耕海踏浪、浩海求索，宛如一条鱼儿，与那片深蓝水乳交融。

6. 管华诗开发"蓝色药库"海济苍生

蔚蓝色的海洋是生命的摇篮，蕴藏着丰富的药用资源。向海问药、海济苍生，是古今中外无数科研工作者的梦想。在青岛，有这样一位科学家，他一生只做一个蓝色的梦，将毕生情感投入到了"蓝色药库"的建设之中。他是管华诗，我国海洋药物研究的奠基人和开拓者之一。他的故事，还要从"海带提碘"说起。

20 世纪 60 年代，由于西方国家的封锁与打压，我国全部依赖进口的碘出现了供应危机，为此，国家将目光转向深蓝，开始组织海带提碘研究，并于 1969 年实现提碘的产业化。但新问题随之而来：每提取一吨的碘，就会产生七十吨"无用"的褐藻胶和甘露醇，是否可以将这些"废料"再利用呢？此时，全程参与了海带提碘工作的管华诗毅然承担起了"褐藻胶、甘露醇再利用"这项科研难题，带领课题组进行攻关。就在研究工作刚起步时，由于学校调整，管华诗所在的水产系迁到了烟台。那里条件简陋，让艰难的科研工作雪上加霜。艰苦的条件并没有击倒管华诗，他以积极的心态面对困难。没有实验室，他就和同事们将一个废弃的男厕所改造成实验室；没有仪器设备，他就东奔西走四处筹备；研究资料不全，他就调动社会力量积极寻求有关部门的帮助。就这样，管华诗利用海带提碘产生的"废料"取得了农业、食品领域的多项成果，其中两项获得 1978 年科技大会奖，填补了我国海藻化工领域的空白。

1978 年，水产系回归位于青岛的山东海洋学院，这里学术氛围浓厚，让管华诗感到干劲十足，并承担起了新的科研工作。1979 年的一天，管华诗像往常一样早早来到实验室开始工作。那段时间里，他一直在思索要如何降低试剂的黏稠度，试过许多种方法，但都不奏效。仰头思考时，他忽然看到了之前海带提碘产生的"废料"。抱着试一试的态度，他将一些"废料"加入其中。神奇的一幕发生了，黏结现象居然瞬间消失了！这个结果极大地触动了管华诗："既然这种物质能消除黏结现象，那么是否也可以解决心脑血管疾病中血液黏稠的问题呢？"

管华诗对于医药是门外汉，这条路对他来说并不好走。在他去申请课题时，负责的同志都十分诧异："你又不是搞药物的，来凑什么热闹？"但这并未磨灭管华诗的决心，四十岁的他开始恶补医药知识。他查阅了大量中外资料，并向国内外十余位医学专家请教。随着学习的深入，他发现研究海洋药物需要面临许多问题，倒是和 1971 年迁到烟台时比较相似：没有研究室、没有专业人员、相关资料不全。人生能有几回搏？一想到这里，管华诗便立即行动起来。他组织了当时山东海洋学院多个专业的教师、青岛第三制药厂的工程技术人员和青岛医学院的专家，共同参与课题研究。一年后，在管华诗的努力下，中国第一个海洋药物研究实验室在青岛诞生了。

在这间由厕所改建的、不足二十平方米小房子里，凭借着区区两千元的科研经费，管华诗和团队开始日夜奋战，进行海洋药物的研究。1985年，在管华诗和团队三年如一日的努力下，他们成功研制出中国第一个现代海洋药物——藻酸双酯钠（PSS）。这是一种能够预防和治疗缺血性心脑血管疾病的海洋药物，它疗效高、副作用小，上市之后就被国家卫生部重点推广，为国家创造的产值以数十亿元计，并获得国内外二十余项大奖，为中国医药工业赢得了国际性荣誉。

这让管华诗受到了极大的鼓舞，也在他心中种下一颗种子：构建中国的"蓝色药库"，向海洋问药，以海济苍生！此后的三十年间，管华诗一心一意地投入"蓝色药库"的构建工作，攻克了一个又一个科研难题，先后研制了十余种海洋药物及生物功能制品，取得了几十项国内外发明专利。2005年，管华诗"蓝色药库"的梦想迎来了第一次丰收。他和团队率先构建起"蓝色药库"中的海洋糖库，其中有70%是世界范围内的首次发现，为世界海洋药物的探索做出了中国贡献。两年后，管华诗主持编著了我国首部大型海洋药物典籍《中华海洋本草》，在这部9卷本、共计1400余万字的巨著中，收集整理1479种海洋生物、3100个优选方，为世界医疗事业提供了中国方案。2016年，管华诗正式倡议并发起实施中国"蓝色药库"开发计划。如今，年过八十的管华诗仍奋战在建设"蓝色药库"的战线上，他说："我早该退休了，但是在中国'蓝色药库'的建设上，我是'退而不休'的。"

从投身于海藻提碘，到中国第一个海洋现代药物PSS的诞生；从构建海洋糖库，到编著《中国海洋本草》；从攻关海洋药物，到实施"蓝色药库"开发计划，管华诗毕生的情感所系，都在那一片深蓝之中。向海问药，海济苍生，"终有一天，我们会实现这个梦想，使真正的孕育在海洋当中的一些产物，造福于全球人类！"

7. 侯国本向海图强绘港口

石臼港原本是个小码头，改革开放后摇身一变成为亿吨级国际大港，华丽蜕变的背后是我国著名海洋工程专家侯国本院士的不懈努力。在日照海边一次偶然的发现，使他与石臼港结下了深深的情缘。

1966 年，山东海洋学院海洋工程专家侯国本和师生们一同来到日照学习与生活。一天，侯国本到石臼所渔港买东西，刚到海边便立马被眼前波光闪闪的大海吸引住了。他久久凝望着无边无际的大海，陷入了沉思。从那以后，侯国本经常利用午休等工余时间去石臼所渔港附近，沿着海岸一步一步考察记录，甚至自己划着小船出海考察。两年里，侯国本在石臼湾内收集了大量翔实的一手资料。经过长期观察，凭借敏锐的专业素养，他惊喜地发现，这片广阔的海域是建设国际大港的绝佳港址！这一偶然发现让侯国本内心无比澎湃，激动不已。

在无数个夜晚，每当他即将入睡的时候，脑海中总会闪现出石臼所海边的场景。于是，他便在心中绘制着港口建设的蓝图。他时常胸有成竹地把这个设想分享给身边人，并绘声绘色地介绍："这里水深不冻不淤，水动力条件又非常好，是个很好的大港港址！"听了他的讲解，一座深水大港仿佛已经呈现在人们眼前。得到众人的一致认可后，为了在建港申请上增强科学性与说服力，山东省还组织了包括侯国本在内的六百多位选港专家，组成专业勘测队伍。勘测队克服各种困难，在石臼海滩上仔细勘查，短短四个月内便汇成了一本凝聚多方智慧的勘查报告——《鲁南选港规划》，为石臼选港奠定了科学基础。1979 年，经过多次辩论，权衡利弊后，专家们一致倾向于石臼港的选址建设方案。

得知这个期盼已久的好消息，侯国本激动万分，即兴赋诗一首："舌战群生爱国志，高谈港口论文章。远东巨子聚南鲁，中国专家汇北京。喜看石臼成大港，多想沂蒙又重生。"同时，侯国本也没有忽视专家们围绕日照港选址指出的"骤淤"等问题。实际上，在此之前侯国本便注意到了在石臼建港的淤泥问题。他再次马不停蹄地赶到日照进行流沙测量，最终得出结论：专家们担心的"骤淤"是不会发生的。

1980 年 7 月 8 日，在万众期待中，由我国自行设计、自行施工的第一个十万吨级深水煤炭专用码头在石臼所开工兴建。1986 年通过验收开港运营，并被辟为国家一类对外开放港口。"黄海滩头千年睡，日照东岸巨港出"，这是 1985 年时任国务院副总理的李鹏视察石臼港时，看到即将建成的现代化港口发出的赞叹。后来，石臼港正式更名为"日照港"。费孝通如此称赞侯国本："侯教授，您了不起，把日照从地图上由一个小点变成了一个圈啊！"

参考文献

[1] 高华平，王齐洲，张汐译注：《韩非子》，中华书局 2015 年版。

[2]〔汉〕司马迁撰：《史记》，中华书局 1982 年版。

[3]〔东晋〕释法显撰：《佛国记（即三十国记）》，中华书局 1991 年版。

[4]〔梁〕慧皎撰，汤用彤校注，汤一玄整理：《高僧传》，中华书局 1992 年版。

[5]〔唐〕魏徵撰：《隋书》，中华书局 1973 年版。

[6]〔唐〕房玄龄等撰：《晋书》，中华书局 1997 年版。

[7]〔清〕张廷撰：《明史》，中华书局 1974 年版。

[8]〔清〕毕沅著：《续资治通鉴》，中华书局 2012 年版。

[9]〔清〕邱浚纂修：《山东通志》，江苏广陵古籍刻印社 1986 年版。

[10]〔清〕宫懋让修，李文藻纂：《诸城县志》，乾隆二十九年刻本。

[11]〔清〕孙蕴韬修，〔清〕高国樞纂：《胶州志》，

康熙十二年刻本。

[12]〔清〕周于智、〔清〕宋文锦修，〔清〕刘恬纂：《胶州志》，乾隆十七年刻本。

[13]〔清〕张同声修，〔清〕李图纂：《重修胶州志》，道光二十五年刻本。

[14] 谢锡文修，匡超纂：《增修胶志》，民国二十年铅印本。

[15]〔清〕尤淑孝修，〔清〕李元正纂：《即墨县志》，乾隆二十九年刻本。

[16]〔清〕林溥修：《即墨县志》，同治十二年刻本。

[17] 青岛市史志办公室编：《青岛市志·金融志》，新华出版社1999年版。

[18] 青岛市史志办公室编：《青岛市志·海洋志》，新华出版社1997年版。

[19] 青岛市史志办公室编：《青岛市志·纺织工业志》，新华出版社1999年版。

[20] 青岛市史志办公室编：《青岛市志·人物志》，新华出版社2002年版。

[21] 青岛市史志办公室编：《青岛奥帆赛志》，中国国际文化出版社2010年版。

[22] 日照市岚山区地方史志编纂委员会编：《日照市岚山区志》，方志出版社2015年版。

[23] 张宗坤主编：《日照市盐业志》，山东大学出版社2012年版。

[24] 日照市地方史志编纂委员会编：《日照市志（1989—2013）》，方志出版社 2017 年版。

[25] 明常荣主编：《日照文史集萃》，中国文史出版社 2016 年版。

[26] 李守民主编：《日照人文与自然遗产丛书》，山东人民出版社 2019 年版。

[27] 陈寅恪作：《金明馆丛稿初编》，译林出版社 2020 年版。

[28] 中国社会科学院考古研究所编著：《胶县三里河》，文物出版社 1988 年版。

[29] 中国社会科学院考古研究所著：《胶东半岛贝丘遗址环境考古》，社会科学文献出版社 1999 年版。

后 记

　　《丛书》的编纂，是在山东省委宣传部直接领导下完成的。省委常委、宣传部部长白玉刚同志统筹策划部署，并担任编委会主任，多次主持召开编委会会议，提出明确目标要求和指导意见。省委宣传部分管日常工作的副部长、省文明办主任、省新闻办主任袭艳春同志对本书的立项出版、风格设计等方面提出了许多宝贵意见。在魏长民、毕司东、程守田、张同海、冷兴邦等同志的大力指导支持下，以教育部人文社科重点研究基地山东师范大学齐鲁文化研究院为学术挂靠单位，组建了《丛书》编纂学术委员会，具体负责编纂工作。山东师范大学特聘资深教授王志民任主任，山东大学儒学高等研究院教授杨朝明、中共山东省委党史研究院原一级巡视员韩延明、鲁东大学原副校长刘焕阳任副主任，全省相关高校、科研单位的15名学者为委员。

　　编纂过程中，《丛书》被列为山东省社科规划3个重大委托项目和16个一般项目。杨朝明为传统文化重大项目组首席专家，韩延明为红色文化重大项目组首席专家，刘焕阳为河海文化重大项目组首席专家。编委会经反复研讨，制定了《编撰体例》《编撰指导意见》；在省委宣传部支持下，采取主任统一领导与首席专家具体负责相结合的方式，认真落实各卷主编为质量第一责任人、首席专家和学术委员为主要质量把关人的运作机制；多次召开线上与线下、全体与分组相结合的研讨会，对提纲设计、样稿研讨、通稿审稿等关键环节，深入研讨、反复审议，编委会与全体编纂人员团结合作、齐心协力，付出了艰辛劳动。山东文艺出版社提前介入，对编纂工作和撰稿体例等提出了许多宝贵意见。在此，我们谨向为《丛书》编纂付出心血的各位领导、专家、作者和所有相关同志们表示诚挚感谢！

本册编纂，得到首席专家刘焕阳教授和学术委员全晰纲教授、王振星教授、吴欣教授、李兆禄教授的悉心指导，并得到中国人民解放军海军博物馆、青岛市档案馆和日照市文旅局的大力支持。中国海洋大学马树华教授担任主编，全面负责本册的编纂工作。具体分工如下：第一部分"古史钩沉"由陈琳琳、陈佳、司书景、任环宇、耿宇撰写；第二部分"海域焦点"由景菲菲、陈琳琳、任环宇撰写；第三部分"经济翘楚"由耿宇、史靖昱、孙海萌撰写；第四部分"国际大港"由马树华、景菲菲、纪然撰写；第五部分"海生万象"由马树华、王亦欣、程子芳撰写。詹琦乐、刘启航、颜睿成、纪然、胡宸歌等参与了相关故事的资料搜集和撰写整理。

由于水平和条件所限，不妥之处在所难免，欢迎有关专家和广大读者批评指正。

编者
2023 年 8 月